原作：浅見理都
脚本：浜田秀哉
ノベライズ：蒔田陽平

イチケイのカラス（上）

扶桑社文庫
0737

本書はドラマ『イチケイのカラス』のシナリオをもとに小説化したものです。

小説化にあたり、内容には若干の変更と創作が加えられておりますことをご了承ください。

なお、この物語はフィクションです。実在の人物・団体とは無関係です。

1

十一年前――。

ビルとビルの間に落ちていく夕陽が赤銅色に染める川面を滑るように、ゆっくりと水上バスが進んでいる。

甲板に立ち、真っすぐ前を見据えながら、入間みちおはスーツの襟についたバッジを外した。ひまわり花弁をかたどった金色のバッジ。中心部分には天秤の図柄が描かれている。

小さなそのバッジに感じていた誇りと重みは跡形もなく消え去り、今や一円玉ほどの価値もない。

自分の不甲斐なさゆえに失ってしまった大切なもの、取り返しのつかないそれらを思い、みちおの手から力が抜けていく。

バッジがベンチに落ち、カンと乾いた音を立てた。

歯を食いしばり、みちおは空を仰ぐ。

こらえ切れずこぼれた涙が、その頬をつたっていく――。

＊

東京地方裁判所第三支部――レンガ色の庁舎を、少し離れた場所からひとりの女性が眺めている。

七三に分けられた少年のような短い髪、その下でいかにも真面目そうなつぶらな瞳がなにかに挑むような強い光を放っている。

しばらくその場に佇んでいたが、やがて意を決したように歩き出した。

裁判所の前では十数名ほどのデモ隊が再開発工事に反対するビラを配っていた。スーツケースを引きながら、彼女はデモ隊の間を進んでいく。悲壮な顔つきをした中年女性からビラを渡され、一瞥する。日照権の問題で賠償請求をしているようだ。

ビラをスーツのポケットにしまうと、しっかりとした足取りで彼女は裁判所のなかへと入っていく。

「今日からイチケイ（第一刑事部）に来る人『ザ・裁判官』って感じらしいですよ」

棚から本日作業分の案件資料を取り出しながら書記官の石倉文太が言う。二十六歳の三年目。仕事にも慣れ、今が一番楽しい時期なのかもしれない。赴任してくる新たな裁判官への興味が言葉の端々に表れている。

「たしか女性でしょ」

入れ替わるように棚から資料を出しながら浜谷澪が返す。こちらは職歴十年超の中堅書記官。保育園児の三つ子の母親でもある。

「デマですよ、デマ」と担当分の資料を抱え、主任書記官の川添博司が一笑に付す。「女性は感情の生き物ですよ。別れた妻に理屈なんて通じなかった」

そう言って、石倉、浜谷と横一列に並んだ自分のデスクの上に資料の束を置く。

最後に資料を棚から取り、「男がよかったなぁ」と新人事務官の一ノ瀬糸子が残念そうにつぶやく。

「いや、でもこれ、本当みたいですよ。これぞ世間のイメージ通りの面倒くさい堅物だって――」

石倉の言葉は入口付近から発せられた女性の声によってさえぎられた。

「私は周囲にそう思われている――そのことは理解しています」

振り返った一同に向かって、クリーニングしたての法服を肩にかついだその女性は、小気味よい滑舌で続ける。

「正しいこと、それは面倒くさいの同義語。正しいことを言って面倒くさがられている。つまり私には、避けられない問題だと受け止めています」

ポカンとする一同に向かって、彼女は言った。

「今日から第一刑事部でお世話になる、特例判事補の坂間千鶴です」

一礼する坂間に、慌てて川添が歩み寄っていく。

「ようこそイチケイに。いやぁ、お待ちしてましたよ。あ、主任書記官の川添です。こっちは書記官の石倉君に浜谷君。それと彼女は新人事務官の一ノ瀬君です」

川添の横に並んだ一同に、「よろしくお願いします」と坂間はあらためて頭を下げた。

「席はあちらです。千鶴さん」

奥にある裁判官のデスクに石倉が案内する。いきなりの名前呼びに、「はい?」と坂間は眉間にしわを寄せた。

「彼は人との距離を縮めて、なるべく壁を作らないのがポリシーでして」とすかさず川添がフォローする。

デスクに向かう坂間に、石倉が言った。

「千鶴さん。いきなりですけど、中学生が法廷見学したあとの質疑応答、お願いしてもいいですか?」

「わかりました」

「もうすぐなんで、法服着て二〇一号法廷にお願いします」

川添に言われ、坂間は即答した。

「公判ではないので法服は着ません」

「そこはほら、ちょっとした仮装だと思って」

猫なで声の浜谷に坂間が返す。

「ちょっとした仮装がなぜ必要なんですか？」

まるで理解できないという顔を見て、糸子がボソッとつぶやく。

「ホントに面倒くさい」

坂間はまだ持っていたビラをゴミ箱に捨て、なにげなく対面のデスクを見た。

その目が驚きで見開かれる。

未決案件の束の向こうに、なまはげの面やフォークを宙に浮かせたナポリタンの食品サンプルなどワケのわからないものが山のように置かれているのだ。

視界に映る品々を脳内で処理しかねていると、「おはようございます」と声をかけられた。振り向くと、いかにも人の好さそうな眼鏡姿の初老の男性が微笑（ほほえ）んでいる。

「おはようございます」と坂間は礼を返した。

「坂間さんですよね。部長の駒沢です」

「よろしくお願いします」

駒沢義男は坂間をまぶしそうに見ながら、言った。

「坂間さんは凜としていますから、法服が似合いそうですね」

「ええ、まあ、よく言われますが」

「坂間さんに憧れる未来の裁判官、いるかもしれませんね」

そう言われると悪い気はしない。思わず頬がゆるんでいく。


法廷見学のカードを首にさげ、傍聴席に座る中学生たちの前に法服姿の坂間が立っている。脇で石倉と川添が見守るなか、坂間は手を挙げている男子生徒をうながした。

「どうぞ」

「着ている服、どうして黒なんですか」

さっそく法服に目を留めたか……内心の喜びを押し隠し、坂間が答える。

「法服は黒と定められています。黒はどんな色にも染まらないことから、裁判官の公正さを象徴しています」

続いて手前の女子が手を挙げる。

「裁判官がひとりだったり三人だったり、人数が違うのはどうしてですか？」

「ひとりでの裁判審議を『単独事件』、三人の場合は『合議事件』。審理内容によって分かれます。詳しくは手持ちの冊子を参照してください」

傍聴席の三十名ほどの生徒たちがいっせいに案内用の冊子を開く。続いて左端にいたいかにもお調子者っぽい男子が質問した。

「裁判官ってモテますか？」

中学生らしい無邪気な質問に川添はニンマリとし、法廷が笑いに包まれる。弛緩したその空気を凍らせるように、坂間が厳しい口調で尋ね返した。

「あなたはどういう趣旨でその質問をしているのですか。この場でウケを狙っただけなのではないですか」

「え……すいません」と消沈したように男子生徒は席に座る。最後列をうろうろしていた四十半ばくらいの男性が笑いながらその生徒の肩を叩き、坂間のほうを見た。

「裁判官といえばエリートのイメージがある。だから実際問題、モテるかどうか知りたい。そうだよな」

「あ、はい」

坂間はじっとその中年男性を見つめる。無造作に崩した髪にヒゲ面、カジュアルなシヤツの上から見学者の札をさげている。

「引率の教師……」

坂間はフッと息をついた。「いいでしょう。私は今までの人生でモテたという感覚は皆無(かいむ)です。裁判官だからモテるかどうかは個人差があると思いますが」

微妙な空気のなか、中央の席の女子生徒が手を挙げた。

「あの、判決を出すときって悩みますか」

「お、いい質問だよ」とその男性が目を細める。

「基本悩みません」

即答する坂間に、「ええっ」と男性は驚く。これには石倉と川添も目を丸くした。

「検察は時間をかけて綿密な捜査を行う疑似裁判的な役割を担(にな)います。そこで出てきた証拠で間違いなければ起訴するし、そうでなければ起訴しない。簡単に言えば九九％の確証がないと起訴はしない。だから悩む必要がありません」

毅然(きぜん)とした坂間の答えを、男性は面白そうに生徒たちに返す。

「悩まないんだって。驚きだね」

坂間は動じず、続けた。

「裁判官は常にひとりで二百五十件前後の事件を担当しています。処理した事件数が新規の事件数を上回っていれば『黒字』、逆の場合は『赤字』と呼ばれます。赤字を出さないこと。それが裁判官にとって一番大事なことだと考えます」

あまりにも割り切った考え方に、「サラリーマンみたい」「なんかイメージ違くない？」と生徒たちがざわつきはじめる。

「ある意味スゴい。夢も希望もない。思いっ切り現実語っちゃってます」

石倉のささやきにうなずき、川添はため息まじりにつぶやいた。

「これじゃ生まれないよな。未来の裁判官」

ふいに男性が口を開いた。

「僕はこう思うな。裁判官にとって大事なこと——話を聞いて聞いて聞きまくって、悩んで悩んで悩みまくって、一番いい答えを決めること。違うかな？」

真っすぐな目で坂間をじっと見つめる。

「はい？」

「面白い仕事」

フッと坂間は息をついた。

「あ、今、鼻で笑った」

坂間は法廷と傍聴席を仕切る柵ギリギリまで近づき、男性と対峙（たいじ）する。

「法壇のこちら側とそちら側では見えない壁があります。裁判官という仕事を本当の意味で理解してもらえないのは仕方がないことだと思います」

「今、下々の者には一生理解してもらわなくて結構って言われた気がした」

「ねえ」と男性が振り返ると、生徒全員がコクンとうなずく。

「では説明しましょう。裁判官の仕事は、地味で人の目に触れにくい。でも世の中の争い事に的確な判断を下し、迅速に処理しつづける。裁判官の努力が日本の法治――」

「そろそろ時間だ」と男性は坂間の熱弁をさえぎった。「楽しかったね。じゃ」

クルッと背を向け、出ていこうとする男性に坂間は思わず大きな声を上げた。

「ちょっ、話はまだ途中ですよ！」

「もし罪を犯して裁かれるとき、みんなこの裁判官、どう？」

生徒たちは男性を振り返り、そして坂間に視線を移して、いっせいにうつむく。

「イヤだって、みんな」

「……」

「さ、帰ろうか」

生徒たちは席を立ち、法廷を出ていく。男性は最後にもう一度坂間を振り返った。

「君は裁判官としては優秀なんだろうね。でも、悩まないことに悩むことになるよ」

「は？」

ニコッと笑い、「じゃ」と男性は去っていく。

あまりにも無礼なその態度に、坂間は怒りで身を震わせた。

刑事部に戻るや、坂間はまくしたてた。

「中学校に抗議します。引率の教師の言動は侮辱罪にも相当――」

自分のデスクの下に例の男性がかがんでいるのを見て、坂間は絶句した。男性は紙片のようなものを手にしている。

坂間はダッと駆け寄り、「えいっ」と男性の腕をひねった。その手から紙片が落ちる。それは再開発工事に反対するビラだった。

「あっ、痛ッッッッ」

坂間はデスクに男性を押さえつけ、叫んだ。

「すぐに警察を！　不法侵入の現行犯です」

「千鶴さん、違うんです」と石倉が慌てて言った。「引率の教師じゃないんです」

「引率の教師じゃないなら、なぜあの場にいたんです!?」と坂間はさらに強く腕をねじり上げる。

「痛ッッッッッ」

騒動に浜谷と糸子も寄ってきた。

「なに、ちょっかい出したの？」

「教えてあげればいいのに」

非難の目を向けられ、川添が言い訳する。

「だって、黙ってろって思い切り目で合図寄越すんだもん」

坂間は一同の会話の意味がわからない。「はい……？」

「同業者だよ、君と」と押さえつけられた男性は必死に言う。

「同業者……？」

「入間みちお。君と同じイチケイの裁判官だ」

そう言って、みちおは坂間に裁判官のバッジを見せた。

「えぇっ!?」

*

資料室の棚を漁っているみちおを坂間が見定めるようににらみつけている。

「……そんなじっと見ないで。照れるじゃない」

「本当に裁判官なんですか。ちなみに大学はどちらですか」

「いきなり学歴？　そういうので人、判断するタイプ？」

答えながら、みちおは棚から出したファイルをどんどん坂間に渡していく。

「ええ、判断します。学歴は大事です。学生時代、どれだけ努力してきたか明確にわかる物差しです」

「高校中退だから大学には行ってないよ。だから最終学歴は中卒」

驚く坂間に背を向け、みちおは資料室を出ていく。積み重ねたファイルを両腕で抱え、坂間は慌ててあとを追った。

「もともと僕は弁護士だから。面接で裁判官になったんだよね。ツイてたよ。ちなみに坂間さんは東大法学部とか？」とみちおは笑いながら尋ねる。

「そうですが、なぜ半笑いなんです？」

「だって、見るからにそうだもん」

「は？」

デスクに戻ったみちおは、「坂間さん、坂間さん」と背後の飾り棚を自慢げに指した。

「このなかで好きなモノあげるよ」

棚にはこけしや信楽焼のタヌキ、鬼瓦やら金魚ふうせんやらが飾ってあり、ちょっとした民芸品店のようだ。

「そもそもそれはなんですか」

「これはね」と棚から一つ手に取り、坂間に見せる。「北海道雨竜町のふるさと納税でもらったエゾシカの角」

眉をひそめる坂間に駒沢が教える。「入間君、ふるさと納税が趣味だから」

そこに糸子がやってきた。「はい。群馬県千代田町から」と坂間に段ボールを渡す。

「ローラーボード！」とうれしそうに受けとり、「これはね、面白いよ」と差し出したのはなんと電車の吊り革だった。

「四日市市のあすなろう鉄道の吊り手。で、これが」と今度は犬のフンのようなモノをかかげる。「東かがわ市の干しナマコ。どれがいい？」

「いりません。趣味は人それぞれだからいいでしょう。ですがそのヒゲ。なぜ生やしているんですか」

「生やしたい気分だから」

「……」

「あ、今、裁判官の品位が損なわれるって思った？　無精ヒゲじゃないよ。ちゃんと手入れしてるよ」

「……ありえない」とつぶやき、脱力したように坂間は自分の席に着く。

「坂間さん。とりあえず手始めに入間君と組んでみてください」

「どういう意味ですか？」と坂間は駒沢を振り向いた。

「単独でなく、合議制で。裁判長は入間君で。私は右陪席を担当しますから、坂間さんは左陪席で」

「なぜ、部長が裁判長を務めないんですか」

「この第三支部ではモデルケースとして、将来のよりよい裁判所運営のためにさまざまな取り組みが行われているんです。その一つが合議制でも後進に裁判長としての経験を積極的に積ませることです」

「じゃあ、これ、合議制でどうかな」とみちおが一枚の起訴状をかかげた。


刑事部の中二階にある会議室。中央のテーブルに一同が集まっている。それぞれが案件資料に目を通すなか、みちおが説明を始める。

「案件は傷害事件。被告人は大学四年生。長岡誠。二十二歳。被害者は江波和義。五十五歳。これ、合議制でやりたいんですよ」

「すみません。その必要を感じません」と坂間がさえぎった。資料に視線を落としながら、続ける。「全治一か月の負傷なら一年六か月の求刑が目安。あとは執行猶予をつけるかどうか。ひとりで十分。三人で議論して、判決を下す必要はないと思います」

「そんなすぐ片づけようとしないで。時間かけてやろう」

坂間はフッと息をつく。「私がここに来た目的を明確にしておきます。この支部は赤字。それも信じられないほどの赤字。会社なら倒産レベル。それを立て直すためです」

「なんで君が？」

みちおの問いには答えず、坂間は駒沢に顔を向ける。

「具体的な対策を考えていますか」

「部長会でもね、突き上げがキツくて。民事部からもお荷物扱いですよ」

苦笑する駒沢に、坂間はなおも迫る。「で、具体的には？」

駒沢は笑ったきり、答えようとはしない。

「……」

「笑ってごまかすな、このタヌキ親父って思ったな」とみちおが心の内を推測する。

「タヌキ親父とは思っていません。というか、無言をいちいち言葉で表現するのはやめてください」

迷惑そうな坂間に、石倉が言った。

「みちおさん、心読むんですよねえ」

「男前だけどデリカシーないよ。残念な男前」と浜谷が指摘し、「もったいない。顔はいいのに」と糸子も乗っかる。

「その顔に生まれたかったな」

ボソッとつぶやく川添を駒沢がなぐさめる。

「川添さん、大丈夫。味がある顔してますよ」

「なぜ今さら上から目線で。部長に言われたくないですよ」

駒沢は坂間に向き直り、言った。

「まずは、合議制でやってみてくださいね」

「……わかりました。ただ、並行して単独事件もこなしますから。二百五十件、いや滞(とどこお)っているのも含め三百件、用意してください」

そう言って坂間は席を立ち、会議室を出ていく。

「頼もしいなぁ。もっと早く会いたかった」と川添が見送る。すかさず石倉が言った。

「合議制の書記官、僕やりたいです」

「なに、乗り気じゃない」と意外そうに浜谷が見つめる。石倉の目は期待に輝いている。

「みちおさんと千鶴さんの組み合わせ、見逃せませんよ」

会議を終え、注文通り坂間のデスクの上に書記官たちが次々と案件ファイルを積み上げていく。最後に川添がファイルを置き、みんなに尋ねた。

「坂間さんの歓迎会、どうします?」

「今日ほら、いつものとこで」とみちおが返すと、すぐに坂間が口を開いた。

「差し支えます。仕事をしたいので、私抜きでみなさんでやってください」

「それ、ただの飲み会だし」と川添が苦笑する。

積み上げられた資料に目を通しはじめた坂間に、駒沢が念を押す。

「仲よくやってくださいね、入間君と」

坂間は『飲む梅干し』なる奇妙な紙パック飲料を酸っぱそうに飲んでいるみちおを一瞥し、駒沢のほうへと顔を向けた。

「あらかじめ謝っておきます。申し訳ございません」と小さく頭を下げる。「その期待には応えられないと思います」

＊

第一回公判——。

デモ隊の間を抜け、裁判所に入った城島怜治は隣を歩く井出伊織に尋ねた。

「君の噂は聞いてるよ。特捜に声をかけられていたそうだな」

「ええ」とうなずき、井出は王子様然としたその端正な顔をわずかにゆがませた。「それがなぜか第三支部に異動ですよ」

「優秀だからだ」と城島が答える。「今から会う裁判長のお目付け役に選ばれたんだ」

「要注意人物だとはうかがっていますが」

「ひと言では説明できない」

定年を間近に控えたベテラン検察官でもとらえ切れないというその人物に、井出は俄然興味がわいてきた。

「とりあえず、これ」と城島は井出にビラを差し出した。東京地検第三支部の草野球チームのメンバーを募ったものだ。

「こっちの噂も聞いているよ。甲子園ベスト8——」

「ベスト4」と井出がかぶせ気味に訂正する。「エースで四番です」

「なんと！　いやぁ、楽しみだ。地裁のヤツらとウチは永遠のライバルだからな。君には期待している」

井出の肩をポンと叩き、城島は軽快な足取りで階段を上っていく。


法服をまとったみちお、坂間、駒沢の三人が入廷し、石倉が声を発した。

「起立」

検察官席から立ち上がった井出が、裁判長席に着くみちおを見ながら小声で尋ねる。

「あのヒゲの裁判官ですか」

「ああ」とうなずき、城島は言った。「下手をすれば俺たちの検察官としてのキャリアは終わる」

井出はもう一度みちおを見つめる。法服の下から覗くのはカジュアルなシャツ。ヒゲ面といい、たしかに今まで会ったことのないタイプの裁判官だ。

「では始めましょう。今回裁判長を担当する入間みちおです」

みちおの左側、左陪席の坂間は思わずみちおに目をやった。

裁判官が名乗るの、初めて見た……。

「こちらは駒沢裁判官。そして坂間裁判官です」

え？　私まで紹介するの……!?

駒沢が頭を下げ、坂間も慌ててそれに合わせる。そんな坂間の姿を書記官席から見上げながら、石倉はクスッと笑った。

井出が起訴状を読み終えると、みちおは証言台に立つ長岡誠に言った。

「長岡さん。あなたには黙秘権があります。答えたくないことは答えなくて構いません。それによって不利に扱われることもありません。ただ、今までの過程で言えなかったことがあったら、遠慮なく話してください。警察、検察が調べたことが必ずしも正しいとは私は思っていません」

井出が顔色を変え、坂間はあきれたようにみちおを見る。

警察、検察から抗議がくるレベルの問題発言……。

みちおの言葉に背中を押されたかのように、誠が口を開いた。

「僕は悪くない。僕から殴ってないんです！　向こうから殴りかかってきた。だから仕方なく応戦したんです」

井出と城島が驚いた顔で誠を見つめる。

いっぽう弁護人の浅井登は戸惑ったように調書を繰りはじめる。

坂間は彼らの動きをじっと観察する。

弁護人は納得していない。被告人の勝手な言動？

「検察官、冒頭陳述を」

みちおにうながされ、井出が立ち上がった。

「事件の背景を説明します。被害者は代議士の江波和義議員です。被告人の父親、長岡洋一郎氏は江波議員の秘書でした。二か月前、長岡氏は不正献金疑惑で東京地検特捜部がマークしはじめた矢先、電車に飛び込んで自殺を図りました。不正献金受領の目的は女性に金銭を貢ぐためです。しかし被告人は、父親が濡れ衣を着せられたと江波議員を一方的に恨み、相手を呼び出して暴力行為に及んだ。先ほどの被告人の陳述は虚偽によるものです」

誠は敵意を丸出しにした鋭い目つきで、井出の言葉を聞いている。

「裁判所からもうかがいます」と駒沢が誠に向かって言った。「被告人は相手から殴りかかってきた旨を、今までなぜ警察と検察に話さなかったんですか」

「話しても信じてもらえないと思ったからです」

「異議あり！」と井出と城島が同時に立ち上がる。顔を見合わせ、言ってやれと城島は井出をうながした。

「逮捕した警察官は、あなたが一方的に殴っているのを目撃しているんですよ」

「夢中で応戦したんです。二か月前の父の死——僕はその真相を調べていました。そして江波議員を問いつめた。向こうは探られるのがイヤで、それで僕に暴力を」

みちおが誠に確認する。

「死の真相が違うと？」

誠は必死に訴えた。

「自殺じゃないんです！　父さんは自殺なんてしていない!!」

「……」

「父が電車に轢かれた日の朝、約束したんです。僕の就職祝いで次の日に一緒に飲みに行こうと。父とそんな約束したの、初めてなんです。なのに……自殺……絶対に違う。電気の接触トラブルで踏切の遮断機が一時的に故障していたんです」

「つまり、事故だと」

「はい」と誠はみちおにうなずいた。

「……お父さんが電車に轢かれた場所はどこですか」

「椿原二丁目の踏切です」

考え込むみちおを見て、城島が慌てて立ち上がる。

「裁判長、長岡洋一郎氏が自殺なのは間違いありません。それを裏づける証言も――」

「絶対に嘘だ！」

城島に詰め寄る誠を、刑務官が慌てて取り押さえる。興奮する誠に、駒沢が冷静に告げる。「被告人、落ち着いて。証言台に戻りなさい」

左陪席で坂間は自分なりの判決を考える。

証拠からしても被告人の主張に信憑性はない。前科はない。ただ反省の色が見えない。経緯はともかく、「懲役一年六月、執行猶予なし」が妥当。

みちおは目をつぶり、両手を顔に当て、しばらく黙考した。

「うーん、この公判……経緯が大事ですね」

坂間は思わずみちおを見た。

「被告人と被害者の騒動の大もとは、二か月前の長岡洋一郎さんの死についてですね。自殺か事故か……まずはそこをはっきりさせましょう」

意味がわからず、坂間と井出が同時に口を開いた。

「は？」

「マズい」と城島が顔をしかめる。

駒沢と石倉は少しワクワクしたようにつぶやいた。

「来ちゃいましたね」

「出るぞ」

みちおはおもむろに起立し、まずは深々と頭を下げた。そして、言った。

「職権を発動します。裁判所主導で捜査を行います。現場検証を行います」

「は!?」

「ええっ!?」

またも坂間と井出の驚きの声がハモる。

井出の隣で、「はあ……」と城島がため息をつく。

傍聴席で盛り上がっているのは、傍聴マニアの「みちおを見守る会」の面々だ。今日はハンドルネーム「チョコレート惑星」のふたりが傍聴に来ていた。

「職権発動!」

「みちお、最高!」

ふたりは興奮しながらノートにペンを走らせ、みちおの様子をスケッチしていく。

法廷を出た瞬間、坂間はみちおに向かってまくしたてた。

「捜査? 現場検証? あり得ません。あなたの職業はなんですか。警察ですか? 検察ですか？　裁判官ですよね。この公判を取り仕切る裁判長ですよね。基本に立ち返って裁判官の役割を確認しましょう。法廷で提出された証拠に基づき判決を下すこと。それなのに、あなたは法廷を出て捜査まがいのことをやる？　なぜ？　どうして？　聞いたこともない！　見たこともない！　あなたの言動に今、全国の法曹界に関わる人間、いやその家族までもあり得ないと声を上げていますよ‼」

後ろから続く石倉がつぶやく。

「ロジックの速射砲」

「一分の隙もないですね」と駒沢がうなずく。

「裁判官がやってもいいって、法律で認められているでしょ」とみちおが反論する。

「刑事訴訟法一二八条でたしかに認められてはいますが」

「裁判官が自ら言い出すの、初めて見ました」と弁護士の浅井が隣を歩く城島に話しかける。城島はただ苦笑するしかない。

「みちおさん、気になったらいつも止まらないんですよ」

「入間さん、まさかいつも現場検証やるんですか」

石倉の言葉に坂間は眉間のしわを深くした。

「いつもじゃないよ。気になったときだよ」

「その気になるが、イチケイじゃ多いんだよな」と城島がため息を漏らす。

「そもそもこれは不正献金疑惑の公判ではなく、長岡誠の傷害事件に関して刑を決める場です」

「そうですよ」と後方から井出が坂間に同調する。「それなのに二か月前の父親の死について調べるのは理解ができない。論点がズレている」

「弁護側、反論はありますか？」

振り返る坂間に浅井は即答した。

「ありません」

「僕は負けた感じになるのがイヤなんだよな」

みちおは立ち止まり、坂間に対峙した。

「負けた感じ？」

「このままだと被告人は反省していないという形で実刑になる。本人が納得していない刑を下すとどうなると思う？」

「どうって……？」

「出所したらまた罪を犯すかもしれない。今度は傷害ではすまないかもしれないんだよ」

「だから？」

「僕たちの仕事はなんだったんだって思わない？　なんか負けた感じするんだよなぁ」

あ然として坂間は言葉を失う。

同じような顔をしている井出に城島が言った。

「な。ひと言では説明できないだろ」

石倉がみちおにささやく。「伝わってないみたいですよ」

「あ、そう」

みちおはあらためて一同に言った。

「すべてわかった上で、この事件に関わった人全員にとって一番いい判決を下したい。

これは譲れないな」

「……」

*

刑事部に戻るなり、石倉は川添のもとへと駆け寄った。

「主任、ヘルプを」

「まさか、入間っちゃった？」と川添は頭を抱える。「今回はさすがにないと思ってたけどな。入間さん、検証のスケジュール調整から立ち会って記録したり、あれやこれや面倒なことやるのは書記官なんですからね」

「大変だね」とみちおは軽く返す。

「なに他人事(ひとごと)のように」

坂間は大きく一つ息をつき、みちおに言った。

「今、はっきりとわかりました。なぜこの支部がこれほどの赤字か。原因は入間さん、あなたです」

「私が主任止まりなのも、原因は入間さんですから」

「それ、僕のせい？」

「当たり前じゃないですか」と川添がキレ気味に返す。

「裁判官が大赤字を出せば、書記官の処理能力が低いと思われる」

解説する浜谷に糸子が言った。

「浜谷さん、異動願い出してますもんね」

「いつもお迎えの時間、間に合ってないのよ」と浜谷はデスクに飾った三つ子の写真をこれ見よがしにかかげた。

浜谷の話に反応し、みちおは腕時計を確認。「今ならまだ間に合う」と法服のまま刑事部を飛び出していく。

「今日のキッチンカー、絶品カレーだもんな。僕も買ってきます」と石倉も続く。

あ然とした顔で坂間は尋ねた。「待ってください。入間さん、まさかとは思いますが法服を着たまま外に行ったりはしませんよね」

川添も浜谷も糸子も、自分には関係ありませんとばかりに仕事を再開した。

「……」


坂間が裁判所を出て辺りをうかがうと、みちおはキッチンカーの手前でデモ隊に囲まれていた。「裁判所の人ですね」とビラを渡されている。

やっぱり……と駆け寄ろうとしたとき、「イチケイの坂間裁判官ですよね」と声をかけられた。

「あ、はい」

坂間に呼びかけたのは民事部の部長だ。

「彼のこと、どうにかしてくださいよ！　ったく、赤字は出しまくるわ、白い目で見られるわ。我々民事部まで一緒だと思われて、いい迷惑なんですよ」

「申し訳ございません」

丁寧に頭を下げ部長をやり過ごすと、坂間はデモ隊の人たちと話し込んでいるみちおのもとへと駆けていく。

「入間さん、法服を脱いでください」

腕を引っぱり連れ戻そうとしたとき、石倉が声をかけてきた。

「みちおさん、売り切れますよ」

「あっ」とみちおは坂間の腕を振りほどき、キッチンカーへと駆け出した。

「早く法服を脱いでください！」

叫びながら坂間はみちおを追いかけていく。

翌日の夕方、イチケイの一同は現場検証のため椿原二丁目の踏切に集まった。

横切っているのはかなり広い道路で交通量も多そうだ。

踏切の向こう側に折り紙で作った花を手向けている少女がいるのに気づき、みちおは立ち止まった。少女の様子をじっと見つめる。

みちおの視線に気づいた少女はその場を走り去ってしまった。

そこに井出と城島、そして浅井がやってきた。

「お手数をおかけしてしまい——」

「え?」

坂間の声は横を通ったトラックの音で聞こえないようだ。坂間は三人のほうへ駆け寄り、もう一度頭を下げた。「お手数をおかけしてしまい申し訳ございません」

「検察官として立ち会わないわけにはいきませんから」と井出が返す。

「さて、始めますか、検証」

集まった一同に向かって、みちおが話しはじめる。

「電車の運転手によると、気がついたときにはブレーキが間に合わず轢いてしまっていた。自殺か事故かわからないと」

「だから二か月前、特捜は秘書の死が自殺かどうかを調べているんです。それによると」と調書を読もうとした城島をみちおはさえぎった。

「言わなくていいですよ。先入観を持って、検証したくないんで」

ムッとする城島に、坂間が慌てて頭を下げる。

しばらくして遮断機が下り、電車がやってきた。みちおは目を細めながら、言った。

「夕陽で電車が来るのがはっきりと見えないね」

「でも音でわかりますよ」と川添。

「遮断機が故障していたとはいえ、電車の音に気づかなかったとは考え難いですね」と石倉も川添の考えに賛同する。

線路の向こうでは大規模な工事が行われていて、重機の立てる騒音が響いている。

「まあ、現場検証して自殺に間違いないと被告に伝えることも大事ですから」

駒沢が無駄足ではなかったことを強調し、坂間がみちおへと顔を向けた。

「入間さん、これで気がすみましたよね」

「よし」

一同はホッとしながら踵を返したが、みちおは続けた。

「日をあらためて、もう一度調べてみよう」

「はあ!?」

あきれる一同に向かって、みちおはニコッと笑った。

「あり得ない、あり得ない、あり得ない。入間みちお、絶対にあり得ない」

ブツブツとつぶやきながらエレベーターの前に立った坂間は、背後に立つ人影に気づき、目を見開いた。

「なんで、ここにいるんですか?」

「なんでって、住んでるから。ここ」とみちおは平然と答える。「四〇四号室」

「いい歳して、裁判官官舎に住んでるんですか」

「いい歳して住んだっていいでしょ。安いし、便利だし」

エレベーターに一緒に乗り込むと、みちおは坂間がさげているエコバッグの中身を覗きながら言った。「すごい肉だね」

「肉にはストレスで免疫力が低下するのを抑える成分が含まれているんです。ものすごくストレスが溜まる職場なので！」

部屋に戻るや、坂間はステーキを焼き、ひたすら食べまくった。

その夜は早めに床についたが、目をつぶるとみちおの顔やその言動が脳裏によみがえり、まるで眠ることができない。

坂間はベッドから出ると、パソコンに向かって猛烈にキーを打ちはじめる。そんな坂間の様子を、水槽のなかからペットのヒョウモントカゲモドキがじっと見つめている。


乱打されるチャイムにみちおはおそるおそるドアを開けた。ドアチェーンの隙間から坂間の顔を確認し、尋ねる。「まさかとは思うけど、夜這い？」

それにしてはスッピンに丸眼鏡とあまり色っぽい姿ではない。

「抗議です！　どう考えても納得いきません。百歩、いや千歩譲って一度目は認めましたが、二度目の検証は必要ありません。これがその根拠です」と坂間はついさっきまとめた文書を突き出す。

踵を返した坂間に、みちおは言った。

「あのさ、浦島太郎の乙姫——君ならどう裁く？」

「は？」と坂間が振り返る。

「いや、甥っ子に聞かれてさ。乙姫は極悪人じゃないかって」

「……」

「浦島太郎は浜辺で子どもたちにいじめられていた亀を助けた。お礼にと海の底にある竜宮城に招かれた。浦島太郎と乙姫は互いに惹かれ合う。そして数日が経った。乙姫から玉手箱を渡されて浦島太郎は地上に戻った。でも家はない。母もいない。浦島太郎は自暴自棄になり、玉手箱を開けた。そしておじいさんになって、途方に暮れる」

ざっとあらすじを説明し、みちおは尋ねた。

「乙姫の罪状はなんだと思う？」

「……答えは明白でしょう」

坂間はひと息ついて、ふたたびドアの前に立つ。

「地上とは時の進み方が違う竜宮城に連れていったことに関して詐欺罪が適用される。

さらに玉手箱の煙は明らかに危険物。それをまるでお土産のように明確な使用目的を告げずに持たせた。結果、浦島太郎を老化させ、甚大(じんだい)な苦痛を与えた。煙の量を間違えれば死んでいた。殺人未遂も視野に入れるべきです」

立て板に水で語る坂間に、みちおは言った。

「本当にそうかな」

「は？」

「決められないなぁ。乙姫がなぜ玉手箱を手渡したのか……それ、知ってからでないと」

坂間はため息をつき、「とにかく」とみちおが手にしている文書をつまんだ。「これを熟読の上、二度目の現場検証をあらためてください」

「わかった」

「ようやくわかってもらえましたか……」

「来なくていいよ。こっちでやっとくから」

目の前でドアが閉められ、坂間は怒りでギリギリと歯を鳴らした。

＊

数日後。椿原二丁目の踏切の前で、集まった一同の周りをグルグルと回りながら坂間がまくしたてている。

「さすがに私は二度目の同行を拒否しようと思いました。第一刑事部は国民から税金泥棒と言われても致し方ないほどの赤字。処理しなければいけない単独事件が山ほどあります。ですが、合議制に加わった一裁判官として責任もあります。私は責任を果たすべくこの二度目の現場検証に来ました。なのに……それなのに……なぜ、言い出した本人が来ていないんですか！」

「坂間ってますね」とつぶやく川添に駒沢がうなずく。「坂間ってます」

「すぐに呼び出せ」

城島にうながされ、石倉がみちおの携帯にかける。

「電話に出ない。昼寝してるのかな」

「なんて裁判官だ……」

あきれ果てる井出に坂間が同意のため息をつく。

そんなふたりに川添が言った。

「入間さんの一挙一動になるべく鈍感でいることを心がけたほうがいいですよ」

「いや、でもみちおさんの一挙一動バズッてますよ」と石倉が坂間にスマホを差し出す。

表示されているのは「みちおを見守る会」と題されたSNSのアカウントだった。

「一部の傍聴マニアから人気なんです、みちおさん」

「……公判にそれらしき人がいたな」と井出が思い返す。

「元傍聴マニアの僕からしてもみちおさんは面白いですよ。僕も昔からファンなんです」

唐突な石倉のカミングアウトに坂間は言葉もない。

「書記官なら最前列で見られる。天職だと思いませんか」

「……」

城島が駒沢に近づき、耳打ちした。「司法修習の同期のよしみで言っておく。これ以上、入間みちおが好き勝手やるなら、検察は問題にするぞ」

「……」

「検証中止にしましょうか」と川添が駒沢をうかがう。

駒沢は腕時計に目をやった。「もうすぐ長岡洋一郎さんが亡くなられた時刻ですね」

「あ、みちおさんですよ」

石倉の視線を追って一同は線路の反対側に目を向けた。みちおが口に手を当て、こっちに向かってなにか言っている。

「坂間さんってさ！　君って――」

しかし、線路に並行している道路を何台もの大型トラックが通過し、その騒音でなにを言っているのかわからない。

「？……」とみんなが線路に近づいたとき、目の前を電車が走り去っていった。

「!?」

慌てて身を引き、駒沢は言った。

「近づいたの気づかなかったね」

踏切を渡って、みちおがやってきた。手には計測器のようなものを持っている。

「僕の声、聞こえなかったでしょ」

「電車の近づく音も消えましたね」と駒沢が返す。

「偶然……？」と石倉が首をひねる。しかし駒沢は言った。

「偶然ではないんですよね、入間君」

「向こうで詳しく説明します」

歩き出したみちおについていきながら、坂間が尋ねる。

「大声でなにを言ってたんですか」

「君の悪口」

「は？」

「聞こえなくてよかった」

みちおが皆を連れてきたのは、踏切近くの工事現場だった。

「十か月前、この辺りで再開発工事が始まった。近隣住民が民事で訴えを起こしているんだよね」とみちおがデモ隊が配っていたビラをかかげて見せる。自分のデスク横のゴミ箱から、みちおが勝手に拾っていたのを坂間は思い出す。

「でも、日照権のことで争っていたんじゃ……」

「ほら、ここ」とみちおが指さした部分には騒音がひどいことも記されている。ビラの写真にあるのはここで建設中の建物だ。

「民事事件なので見落としていました」

駒沢はそう言って、坂間をうかがう。「気づきませんでしたね」

「……はい」

「で、これが建設会社の作業記録」とみちおが坂間に記録のコピーを渡す。「二か月前、長岡洋一郎さんが電車に轢かれた時刻、今と同じだけ重機が稼働していた」

「一回目の検証のときと同様の重機の稼働率ですね」と坂間が記録を確認していく。「たしかに騒音はありました。でも、電車の音が聞こえなかったのは……？」

「工事の作業音が原因かと思ったら、それだけじゃなかった」

そう言って、みちおは線路と並行して走っている道路を示す。

「事故が起きたのは二十五日。今日も二十五日。そこの道、二十五日には交通量が二倍近く増えるそうです」

「五十日（ごとおび）だからかもしれませんね」と川添。

「つまり、工事の作業音に加えて車の交通量が増えると、ほかの音がかき消されるってことですか」

「そう」とみちおは石倉にうなずく。「高架下は車の音が大きくなるから騒音は一一〇デシベルを超えていた。ここを通る電車の音は八五デシベル。さらにこの二つの音の周波数がかなり近かったことで、電車の音が消えてしまった。サウンドマスキング効果っていうらしいよ」

計測値を示しながらのみちおの説明に、「電車に気づきづらい状況だった……」と井出も納得せざるを得ない。

「……事故の可能性がある——そう考えて現場検証を？」

みちおは坂間にうなずいた。

「被告人の主張がもし正しければ、裁判官として知っておきたいと思ってね」

「……」

「現場の状況からして、事故の可能性も出てきましたね」

「それに」と浅井が駒沢に重ねる。「被告人の主張だと、亡くなった日の朝に翌日の就職祝いの約束をしていた。お店の予約もたしかに入っていたそうです」

「検察側が自殺だと断定した理由を教えてください」

みちおの問いに、「目撃証言です」と井出が答える。「長岡洋一郎さんが電車に飛び込むのを見たと」

城島は検察資料を確認する。「相馬真弓（そうままゆみ）さんという女性です」

「法廷に呼んで、目撃者に話を聞いてみよう。それともうひとり、証人尋問（じんもん）を」

「誰を呼ぶんですか」と坂間がみちおに尋ねる。

「江波議員を」

「！……」

「二か月前のこと、直接聞いてみよう」

＊

第二回公判——。

朝、出勤した坂間は裁判所の正面入口に達する前に詰めかけた大勢のマスコミに取り囲まれ、もみくちゃにされた。

現役国会議員である江波和義の出廷。江波を暴行した誠の証言により、自殺した秘書の死の真相まで取りざたされ、スキャンダルへと発展しつつあった。

どうにかマスコミを振り切り、ボロボロになって刑事部に入ってきた坂間を見て、浜谷が冷静に指摘した。「髪、乱れてますよ」

坂間は慌てていつもの七三に整える。そこに、「おはよう」とみちおがやってきた。コックコートを身に着け、宅配用の大きなバッグを肩からさげている。

「いったい、あの格好は……」

ぼう然と見送る坂間に、石倉が答える。

「表のカレー屋さんのコスプレじゃないかな」

「なぜコスプレする必要が……？」

「マスコミ対策ですよ」と今度は川添が答える。「記者に気づかれることなくスッと裁判所に入れるそうですよ」

たしかにあんな非常識な裁判官がこの世に存在するとは、いくら嗅覚(きゅうかく)の鋭い記者といえども夢にも思わないだろう。

「おはようございます」

「おは……」

坂間は再度凍りつき、デスクにつく駒沢を見送った。駒沢は登山やウォーキングをするような格好で、しかも双眼鏡をぶらさげていたのだ。

「部長のほうは傍聴人のコスプレね」

浜谷の解説に、「でもあの双眼鏡は……」と糸子が疑問を呈した。

「おそらく野鳥の会に所属している定年退職した公務員の設定だ。さすが部長、細かい」と石倉が分析し、感心する。

「……」

そのとき、つけっぱなしになっていた応接コーナーのテレビが裁判所にやってきた江波和義の姿を映し出した。誠に襲われ負傷した右腕はギブスで固められている。

一同はそれぞれのデスクを離れ、テレビの前に集まった。突き出されたいくつものマイクに向かって江波は切り出した。

『世間をお騒がせしている以上、私の口から真実をお話しします。亡くなった秘書もこんな騒ぎは望んでいないはずです。私の身の潔白(けっぱく)を証明し――』

画面の江波を見つめながら、駒沢がつぶやく。

「入間君、引くに引けなくなってきましたよ」

「なってきましたねえ」

証人要請された江波が入廷し、傍聴人たちがざわつきはじめる。

「静粛に」と右陪席の駒沢が声を発した。

証言台に立ち、宣誓を終えた江波に被告人席から誠が鋭い視線を向ける。しかし、江波にまるで動じる様子はない。堂々と胸を張る江波に、井出が質問していく。

「二か月前、秘書の長岡洋一郎さんが電車に轢かれて亡くなられた。あなたはその直前、彼と一緒でしたね」

「はい。本人から、不正献金を受けとり、クラブの女性に貢いでいたことを告白されました。特捜が動いている。もう逃げ切れない。死んでお詫びすると。そして、彼は自ら電車に飛び込んで、命を絶ちました」

「嘘だ！　本当のこと話せ!!」

叫びながら江波に向かっていこうとする誠を刑務官が取り押さえる。

「退廷を命じますか？」と坂間がみちおをうかがう。

「いえ」と返し、みちおは誠に声をかける。「被告人は落ち着いて。最後まで話を聞きましょう。知りたいんですよね、真実を」

誠は抵抗をやめ、被告人席へと戻る。

しかし、江波は主張を変えることはなかった。弁護人の浅井も江波に関しては特に材料を持っていないため有効な質問はできなかった。

江波が傍聴席に戻ると、続いて目撃者の相馬真弓が証言台に立った。三十半ばの清潔感のある女性だ。長い髪をひっつめに結び、一見地味だが美しい顔立ちをしている。

「相馬真弓さん。二か月前、あなたが目撃したことを話していただけますか」

井出にうながされ、真弓は話し出す。

「私はあの近くの工場に勤務していて、仕事終わりに通りがかりました。ふたりの男性がなにか話をしていて、そのうちのひとりの方が踏切のほうに向かって歩き出しました。それが長岡洋一郎さんです。電車が来ていました。でも、遮断機は下りていなかった。そのとき、長岡さんが電車に飛び込んだ」

「裁判所からもよろしいでしょうか」とみちおが口を開いた。「こちらで検証を行ったところ、長岡洋一郎さんが亡くなられたとき、電車が来ていることに気づきづらい状況だったことがわかっています。長岡さんは電車が来ていることに気づいていましたか」

真弓は一瞬躊躇し、チラと横目で傍聴席を見た。目の端に江波の姿が映る。

「……気づいていたと思います」

彼女が偽証する理由はないはず……。

坂間は右隣のみちおをうかがう。なにかをじっと考えている。

「目撃証言からも長岡洋一郎氏は自殺。被告人は現実を受け入れられず、一方的に江波議員に恨みを抱いた。被告人が主張する江波議員から殴りかかってきた事実はなに一つないんですよ」

井出の言葉を江波が勝ち誇ったように聞いている。

書記官席で石倉がボソッとつぶやく。

「職権発動してまで、これだと……」

隣の川添がボソッと応えた。

「マズいですよ……」

井出と入れ替わるように今度は城島が立ち上がった。

「裁判長。この裁判は傷害事件の審理を明らかに逸脱(いつだつ)しています。今回、裁判所が二か月前の件を調べると言ったことで、江波議員は誹謗(ひぼう)中傷の的(まと)になっている。異例ではありますが、検察から正式に抗議させてもらいます」

坂間、駒沢、石倉、川添……イチケイの面々の顔色が変わる。みちおは目をつぶり、天を仰いだ。

「……参りましたね」

法廷を出た途端、駒沢の口から弱音がこぼれる。

「これだけマスコミが注目している。明確な回答が必要ですよ」

階段を上りながら駒沢に念を押した坂間は、階上の廊下に恩師の姿を認め、「日高さん!?」と駆け寄った。

ニコッと微笑みかけると、日高亜紀(ひだかあき)は坂間に尋ねた。

「第三支部はどがんね?」

「今そいば聞かんでください。抑え切らん愚痴(ぐち)があふれそうで」

地元の言葉で話すふたりに、石倉がつぶやく。

「不意打ちの方言。ギャップがすごい。っていうかあの人は」

「女帝だ」と川添が小声で答える。

日本の裁判制度は地方裁判所、高等裁判所、最高裁判所の三審制。司法府の最高機関である最高裁判所の裁判官は内閣が任命し、天皇がそれを認証する。日高亜紀は日本にわずか十五名しかいない最高裁裁判官のひとりだった。

「あ、第一刑事部の駒沢部長です」

坂間に紹介され、駒沢は日高の前に進み出た。

「ご無沙汰しています」

「お元気そうですね。入間君も」

日高に声をかけられ、みちおも頭を下げた。

「お知り合いなんですか」と坂間が意外そうにふたりに尋ねる。

「私は本庁で一緒だったことがあるんです」と駒沢。

「僕もちょっとした知り合い。で、君はなんで？」

みちおに聞かれ、坂間は誇らしげに答える。

「日高さんは司法研修所の上席教官ですけん。それに出身が同じ長崎なんです」

華やかに微笑む坂間を見て、石倉がつぶやく。

「あんな笑顔、見せるんだ」

「笑うと可愛いじゃないですか」と意外そうな川添に石倉が即答する。

「笑わなくても可愛いです」

そんな坂間をじっと見て、みちおが言った。

「そういうことか。なるほどねえ」

「……なんですか」

みちおは日高へと顔を向けた。

「坂間さんにうちを立て直すようにあなたが？」

「ええ、私がお願いしました」と日高はあっさりと認めた。「今でも女性には組織内での昇進を妨げる見えない壁――ガラスの天井がある。彼女には誰もが納得する結果を出し、最高裁事務総局でキャリアを積んでほしい」

「はい！」と坂間が目を輝かせる。

「愛弟子の顔が見たい……から来たわけじゃないでしょ。なにかお決まりの圧力でもありましたか」

「江波議員から事務総局に抗議がありました」と日高がみちおに答える。「それは正当な抗議だと判断しました。検察からも抗議があった。誰かが納得のいく責任をとる必要があります」

「……」

「この公判、裁判長を交代してください。駒沢部長」

日高の視線を受け、駒沢はみちおをうかがう。

「僕は拒否しますよ」

「入間さん……」

「じゃあ、お疲れさま」

一礼し、みちおはその場を去っていく。

裁判所の中庭を日高と並んで歩きながら駒沢が尋ねた。

「裁判長の交代は待ってもらえますか」

「次回公判でさらに混乱を招くようなら、事務総局に呼び出し、処分となりますが」

「責任なら私がとりますよ」

日高は立ち止まり、尋ねた。

「入間君に肩入れするのは、青くさい正義感？　同情？　それとも……まさか贖罪（しょくざい）？」

「怖いですか」

「怖い？」

「入間みちおが」

「……」

「いつか彼が裁くかもしれませんよ……あなたを」

「……」

＊

裁判所からの帰り道、歩道橋の上を坂間とみちおが並んで歩いている。みちおは子どもみたいに拾った枝で欄干（らんかん）をカンカンと打ち鳴らしながら進んでいく。

「いったい、どうするつもりですか」

「目撃証言をした相馬真弓さんから、もう一度話を聞こうと思う」

「……なぜですか」

「ちょっと気になることがあってね。坂間さんは気にしなくていいよ」

「気にします！」

「だからいいって。ほら、赤字解消大変でしょ」

「……」

「僕のほうで進めておくから、ね」

そう言って、官舎とは違う方向の階段を下りていく。

「！……どこ行くんですか」

「みちこのとこ」

「みちこ?」

「あ」とみちおは振り返り、戻ってきた。「坂間さん、紹介するよ」

連れていかれたのは、そば屋の前だった。

軒先につながれているセント・バーナードの首もとを愛おしげに撫で、お返しとばかりに大型犬がみちおの顔を舐め回す。

「みちこだよ。可愛いでしょ」

たしかに可愛い。

思わずゆるんだ頬を引きしめ、坂間は尋ねた。

「この店は?」

「僕んちです」

声に振り返ると、石倉がいた。後ろには川添、浜谷、糸子の姿もある。

「昔の弁護士仲間が引きとり手を探していて、会ったらひと目惚れしてさ。でも僕は官舎暮らしで飼えないから、石倉君ちに居候中」とみちおが事情を説明する。

ひとの家でペットを飼うって。しかもこんな大型犬……。

あきれる坂間に石倉が言った。

「僕、犬大好きなんで。ただ、犬アレルギーなんですけどね」

みちおはみちこのリードを外すと、「行くぞ、散歩」と出かけてしまった。

見送る坂間を石倉が誘う。

「千鶴さん、よかったらうち寄っていってください」

「そば屋飲み、よくやってるのよ」と浜谷。

「あ、やってなかった歓迎会、やります？」

糸子の提案に、「そうですよ」と石倉が声を弾ませる。「やりましょうよ」

しかし、坂間は即座に断る。

「差し支えます……調べたいことがあるので、みなさんでどうぞ」

去っていく坂間をぼーっと見送る石倉の肩をポンと叩き、川添が言った。

「無意識かもしれないけど、最近いつも坂間さんを目で追いかけてますよ」

「え……？」

笑ってごまかし、石倉はそば処「いしくら」の戸を開けた。


みちおがみちこを連れてやってきたのは事故現場の踏切だった。供えられた折り紙の花は新たなものが増えている。しかし、あのときの少女はいなかった。

「……」

ふいにみちこが強くリードを引いてきた。さすが世界最大級の犬種だけあって力も強い。みちおは引きづられるようにみちこのあとをついていく。

みちこが入っていったのは児童公園だった。

鉄棒で小学生の女の子が逆上がりの練習をしている。うまく回れなくて、鉄棒の下にしゃがみ、ため息をつく。

折り紙の花の少女だ……。

みちおが眺めていると彼女と目が合った。

微笑み、会釈(えしゃく)すると女の子もペコっと頭を下げた。

中二階でなにやら作業をしているみちおに、坂間は下から声をかけた。

「証言者の相馬真弓さんについて、調べてみました」

置物の天秤を手にしたみちおが坂間を見下ろす。

「調べたって?」

「彼女の周囲の人に話を」

「やったんだ、聞き込み」とみちおは楽しそうに笑う。

「この審理には私も関わっています。責任を果たすべく補充的証拠調べ——刑事訴訟法二九八条二項を照らし合わせて、自問自答をくり返した上でその必要性を」

「で、なにかわかったの？」

一つ息を吐き、坂間は続けた。「二年前に離婚して、現在はシングルマザーです。小学三年生の娘と暮らしています」

話を聞きながら、みちおは階段を下りていく。

「工場の同僚の話では、元夫からは生活費が滞り、ほとんど支払われてはいない。また現在は工場を退職し、大手企業の事務員として働いています」

「すごい捜査能力だね」

みちおの顔の前で勢いよく調査ファイルを閉じ、坂間は尋ねた。

「入間さんが気になっていることって？」

「踏切近くで花を手向けていた女の子、いたでしょ？　あの子が気になってね。近所の人に聞いてみると、名前は相馬奈々ちゃん。小学三年生」

「えっ!?」

「相馬真弓さんの娘だよ」

「どういうことですか」

「どういうことなんだろうね」

そこに石倉がやってきた。

「相馬さんにもう一度話を聞けないかと連絡を入れたら、断られました。仕事が忙しくて裁判所には来られないと」

「そっか……」

残念そうにつぶやき、みちおはふと坂間を見た。

「坂間さん、逆上がりできる？」

「は？」

みちこの散歩がてら坂間が連れていかれたのは、踏切近くの公園だった。鉄棒で逆上がり練習をしているのが奈々だと知り、驚く。いつの間に仲よくなったのだろう。

みちこを一番端の鉄棒につなぎ、みちおも奈々の隣で逆上がりに挑む。しかし、あえなく失敗。イメージとは違って体が重く、全然引き上げられない。

「子どもの頃できたのに、大人になるとできないことってあるよね」

みちおはもう一度やってみるが、やはり体が持ち上がらない。

しばらく黙って見ていた坂間が奈々のほうへと歩み寄る。

「代わってくれる？」

「うん」と奈々が場所を譲る。

坂間は鉄棒を握ると、クルンと見事に回ってみせた。

「おおっ」

「すごい。どうやるの？」

「どうぞ」

鉄棒を握った奈々に坂間が指導していく。

「腕は離さずに曲げる。鉄棒と体を近くして、お腹にくっつけるイメージ。足は前じゃなくて真上に向かって蹴り上げる」

奈々は言う通りにやってみるが、まだ体が持ち上がりきらない。

「あごを引いて、蹴り上げた足のつま先を見る！」

今度はうまく体が上がった。鉄棒にのせた腰を支点にクルンと回る。

「うわっ、できた！」

「おお。できた」とみちおが拍手する。

奈々は坂間に向かって子どもらしく笑った。

「お姉ちゃん、ありがとう。今度はおじさんの番」

「よし」とみちおも坂間の指導の通りにやってみる。今度はうまく体が上がり、頑張って回ってみせる。

「できた！」

みちおは鉄棒を離し、「イエーイ」と奈々とハイタッチ。

そこに血相を変えた真弓が駆けてきた。

「あなたたち、なにを――」

問いつめようとする真弓にみちおが向き直る。

「相馬さん。お忙しくて法廷に来られない旨を聞きました。でも、こちらから出向いてお話を聞く所在尋問という方法があるんです」

「ご都合のいい日、時間、場所を指定していただければ――」

補足する坂間を、「お話しすることはありません」と真弓はさえぎった。「奈々」と娘の手をとり、立ち去ろうとする。しかし、奈々はその場を動こうとはしない。

「奈々……？」

「踏切で、娘さんが花を手向けていました」

「え？」と真弓はみちおを振り返る。

「近所の人の話だと二か月前、長岡洋一郎さんが亡くなった頃からよく見かけるようになったそうです。僕も何度か見かけました。苦しんでいる……僕にはそう見えました」

真弓は娘に視線を移した。奈々はなにかをこらえるように唇を結んでいる。

「被告人の長岡さんは真実が明かされない苦しみ。あなたの娘さんは真実が言えない苦しみを抱えているのではないですか」

動揺する真弓に、みちおは続ける。

「そして、あなたも苦しんでいる」

「……」

「裁判が終わってしまえば、その苦しみは永遠に続きます。僕はこの審理を担当する裁判長です。放ってはおけないんです」

葛藤（かっとう）する真弓の前に坂間が進み出た。

「お願いします。もう一度、お話を聞かせてください」

深々と腰を折る坂間に続き、みちおも頭を下げる。

「お母さん……」

救いを求めるような奈々の表情に、真弓の心は大きく揺れる。

＊

第三回公判——。

裁判長席に着いたみちおは、開廷と同時に衝撃的な言葉を発した。

「傷害事件の原因となった二か月前の長岡洋一郎さんの死の真相がわかりました」

証言台に立つ誠、傍聴席の江波が驚きの表情を浮かべる。

さらにみちおが立ち上がり、席を離れたものだから、傍聴席のざわめきは大きくなる。

証言台の誠に歩み寄っていくみちおを、井出があ然と見つめる。

「降りた、法壇から……」

いいんですか?……と坂間は思わず駒沢をうかがう。駒沢は坂間にうなずいてみせる。

書記官席では石倉と川添が顔を見合わせ、フッと笑う。

「再度証人尋問を行い、相馬真弓さんが真実を話してくれました」

みちおは正面から誠と向き合うと、真弓の自宅アパートで行われた所在尋問の模様を話しはじめる。

「長岡洋一郎さんは自殺ではなく事故。ただし、電車が来ていることに気づかなかったのは、あなたのお父さんではありませんでした」

「え……」

あのとき、仕事を終えた真弓は奈々と一緒に家路についていた。駐車場で口論している江波と長岡の姿に真弓が気をとられている間に、奈々はひとり遮断機が故障した踏切を渡りはじめた。夕陽でやってくる電車が見えず、騒音で走行音も聞こえなかったのだ。

奈々は、その日学校で作ったオルゴールを持っていた。なかからオモチャのネックレスを取り出そうとしたとき、宝石がこぼれ落ちた。それを拾おうと奈々は立ち止まった。

電車に気づかず、踏切内でしゃがんでいる奈々を見て、真弓は叫んだ。

「奈々!! 奈々！！！」

しかし、その声は騒音にかき消されてしまう。

そのとき、駆けてきた長岡が奈々を突き飛ばし、線路から弾き出した。スーツのポケットからなにかが転がり、草むらに落ちる。

次の瞬間、耳障りなブレーキ音を立てながら、電車が滑り込んできた――。

みちおの話に法廷はざわめく。

「相馬真弓さんはなぜ、そのことを話さず、虚偽の証言をしたのか」

みちおの声を聞きながら、坂間は真実を告白した真弓のつらそうな顔を思い出す。

「……江波議員から、長岡さんが自ら電車に飛び込んだと嘘の証言をするように言われました。そんなことできるわけがない。もちろん、お断りしました」

そう言って、真弓は目に涙をにじませた。

「でも、私が勤めていた工場。その主要取引先と江波議員は懇意らしく、取引を中止させることもできると言われました」

「なんてヤツなの。許せない」

無意識のうちに坂間は思いを声に出していた。

「権力を持つ者が私利私欲のために権力を行使する。嫌悪感を抱きます」

ひざに置いた手は怒りで強く握られ、ブルブルと震えている。

「逆らえば、私だけでなくほかの工場のみなさんも仕事を失うことになると。工場を辞めて、紹介する大手企業で働くように江波議員から言われました。その誘いに乗れば、嘘に加担することになる。でも怖くて……」

涙声で告白し、真弓は小さく首を振った。

「それだけじゃない。心の奥底で生活が少し楽になるかも……そう思ったのも事実です。命の恩人なのに……。その息子さんが苦しんでいるのに……。そして娘が苦しんでいるのに……」

手で顔を覆って泣き崩れる真弓に、みちおはやさしく言った。

「でも、あなたはそれをちゃんと受け止めて話してくれた」——。

「……これが真相です」

話を聞き終えた誠は、傍聴席の江波を見た。誠だけではない、法廷にいるすべての人間が冷たい視線を江波へと向けている。

耐え切れず、江波は立ち上がった。

「事実無根、デタラメだ!! 私は被害者だ。問題のある裁判長が明らかに事実を捻じ曲げている! こんなことが司法の場でまかり通っていいのか」

江波の反論を聞きながら、法壇の上で握った坂間の拳が震えはじめる。

「私は嘘の証言をしろなどひと言も言っていない! 相馬という女が私を不当に貶めようとしているのは明白だ。証言者が嘘をついている! 絶対に嘘だ!!」

こらえ切れず、坂間は立ち上がった。

「嘘をついてるのは、そっちでしょうが!! 恥を知りなさい!!」

ドスの利いた坂間の一喝に、法廷は一瞬静まり返る。

皆があ然とするなか、石倉はその凛々しさに見惚れてしまう。

「静粛に。坂間裁判官」

駒沢に注意され、坂間はハッと我に返った。

「失礼しました」と着席する。

なんで今、私、叫んだとやろ？　恥ずかしか……バカ、バカ、バカ、バカ！

赤面しながら自分の体を拳で打つ坂間に、みちおは思わず笑みをこぼす。

「それともう一つ」

弛緩した空気を、みちおはふたたび引きしめる。

「相馬真弓さんは、長岡洋一郎さんと江波議員が争っているのを聞いている。その内容もはっきりと」

江波の不正献金授受に気づいていながらずっと見て見ぬふりをしてきた長岡が、それを公表しようと決意した理由は息子の誠にあった。これから社会に出ていく息子に対して、正しい道を示せる父親であろうと思ったのだ。

みちおの話に、江波への怒りにゆがめていた誠の表情が変わる。

「裁判長」と城島が立ち上がった。「検察からよろしいでしょうか」

「どうぞ」

「目撃者の証言に基づき、検察はあらためて不正献金疑惑の捜査に当たります。江波議員は、長岡洋一郎氏が不慮（ふりょ）の事故で亡くなったことを利用し、金銭の流れを偽装工作した可能性が高い」

井出も立ち上がり、さらに江波を追いつめていく。

「長岡氏が女性に金銭を貢いでいたという記事。江波議員が親しい記者に書かせた証拠を押さえました」

この場での不利を覚った江波は、逃げるように法廷を立ち去っていく。傍聴席にいたマスコミが慌ててそのあとを追う。

江波の情けない姿を見て、誠は憑き物が落ちたように息を吐いた。

閑散としてしまった法廷が静寂に包まれるなか、みちおが法服のポケットから小箱を取り出し、それを誠に渡した。

「踏切近くに落ちていたのを相馬奈々ちゃんが拾っていました。あなたのお父さんが助けようとしたときに落ちたものと思われます」

誠が箱を開けると、なかには新品の腕時計が入っていた。フタの裏にはメッセージが貼られている。

『おめでとう！　社会に出れば大変なことは山ほどある。でも、頑張れ！　負けるな！　誠。父さん、応援してるからな』

父の手書きメッセージを見ながら、誠は最後に交わした会話を思い出す。

「就職祝いだ。明日一緒に飲むか」

朝、ネクタイをしめながら父がそんなことを言ってきた。

照れくさくて、「いいよ」と断ったが、父は譲らなかった。

「店予約しておくから、空けとけよ」

「だからいいって」

「俺がよくないんだよ。約束だぞ」

父さんはやっぱり約束を守ろうとしたんだ。

それなのに、俺は……。

メッセージを見つめる目に涙があふれ、それがポタッとこぼれ落ちる。

みちおが静かに誠に告げる。

「あなたのお父さんは、不正に気づいて見て見ぬふりをしてきた。でも、それを公(おおやけ)にしようとしていた。そして自殺ではなく、子どもを助けようとして命を落とした。この事実をどう受け止めるかはあなた次第です」

「……」

「次回、判決を言い渡します。その前になにか話しておきたいことはありますか」

誠は父から贈られた小箱を握りしめ、顔を上げた。

「私から殴りました」

「……」

「江波議員を殴りました、私から。汚い言葉で父を侮辱され、どうしても許せなくて、自分から殴りました……何度も」

「……」

「嘘をついてました。申し訳ありません」

頭を下げる誠の肩を軽く叩き、「わかりました」とみちおは微笑む。

「これで正しい判決が下せます」

＊

一同が法廷から戻ると浜谷と糸子がテレビを見ていた。画面では記者たちに揉みくちゃにされた江波が、無様に地べたに這いつくばり、捨てゼリフを吐いている。

テレビから視線を移したみちおが、「それにしても驚いたなぁ」とニヤニヤ顔を坂間に向ける。「法廷で叫ぶ裁判官」

「！」

「裁判官に『静粛に』って言ったの、初めてですよ」と駒沢も楽しそうに言う。

「深く反省しています」

「いや、いいんじゃないの。スカッとしたよ、僕は」

「僕もいいと思います」と間髪いれずに石倉もみちおに賛同する。

「二度とやりません。私のことはともかく、念のために確認しておきますが、法壇をいつも降りたりはしていませんよね」

石倉があっさり言った。

「いつもですよ」

「!?」

「入間っちゃうと降りちゃうんですよ」

「慣れちゃった、私たち」

「高いとこからモノ言うより、いいんじゃないですか」

川添、浜谷、糸子……書記官たちのお気楽な物言いに、坂間は頭痛がしてきた。

イチケイっていったい……。

「さて、長岡誠さんの判決を決めますか」

裁判官の三人はそれぞれのデスクに戻っていく。

「判決は求刑通り懲役一年六月。ただし心証的に本人の反省が見られる。執行猶予つきでどうですか?」

「異論はありません」と駒沢が手を挙げる。みちおも手を挙げ、坂間に尋ねる。

「坂間さんは?」

「……玉手箱」

「ん?」

「なぜ乙姫が玉手箱を浦島太郎に渡したのか……室町時代の『御伽草子(おとぎぞうし)』に後日談があります。玉手箱を開いておじいさんになった浦島太郎は、鶴に姿を変える。なぜ玉手箱を渡されたのか、浦島太郎は初めて理解する。竜宮城と地上では時間の流れが違う。本来ならば死ぬはずだった。乙姫のおかげで千年の命を持つ鶴に生まれ変わった。そして亀に姿を変えた乙姫が現われ、ふたりは再会を果たし、永遠に結ばれる――」

坂間はみちおを見つめ、問いかけるように続けた。

「被告人の父親がなぜ死んだのか……真実を知って受け止めたら、被告人はこれから前を向いて生きていける。入間さん、あなたはそう思って二か月前の――」

「本当なの?」とみちおが坂間の話をさえぎった。

「え……」

「その後日談」

「……知ってたんじゃないんですか」

「知るわけないでしょ。そうなんだ。甥っ子に教えてあげよう。そっか！　ハッピーエンドだったんだ」

うれしそうに席を立ち、みちおは出ていこうとする。

「あ、坂間さん。判決、どう？」

「……異論……ありません」と坂間は手を挙げた。

みちおが去り、坂間は大きく息をつく。

イチケイに来て、初めての合議案件がようやく終わった。

笑みを浮かべながら自分を見ている駒沢に、坂間は言った。

「……振り回されてバカみたいだと自覚しています」

「彼は誤解されやすい性格です。ただこれだけは間違いない。今回、この案件を入間君があえて合議制にしたのは、あなたに伝えたいことがあったからだと思いますよ」

坂間は初めてみちおに会ったときのことを思い出す。

見学の中学生たちを背に、みちおは坂間にこう言ったのだ。

「裁判官にとって大事なこと――話を聞いて聞いて聞きまくって、悩んで悩んで悩みまくって、一番いい答えを決めること。違うかな？」

あらためて、みちおの言葉を坂間は考える。

初めて聞いたときには反発しか感じなかった言葉が、なぜかストンと腑に落ちていく。

仕事を終えた駒沢が、「あ、そうだ。忘れてました」と坂間に声をかけてきた。引き出しから冊子を取り出し、差し出す。

「これは私なりに裁判官にとっての心構えをまとめたモノです。弁護士だった入間君も裁判官になる前に読んでくれたんです」

『裁判官の為の訴訟指揮入門』というタイトルの薄い本で、奇妙な動物のイラストがかなり大きめに添えられている。

「変な絵ですね」

「カバです。私が描きました。自費出版なんです」

「……」

デスクに戻ってきたみちおが坂間をじっと見つめる。

「……なんですか」

「六十二歳にしてイチケイの部長止まり。そんな裁判官の心構えを知る必要があるのか……今、そう思った？」

坂間は慌てて、駒沢に向かって首を振る。

「だから、人の心を読むのは――」

抗議しようとする坂間をさえぎり、みちおは言った。

「部長は任官してからずっと刑事事件担当。三十件以上の無罪判決に関わっている」

「三十件の無罪判決!?」

仰天する坂間に、「そう」とみちおはうなずく。「普通なら九九・九％決まってしまう裁判を三十回もひっくり返しているんだよ」

「あり得ない」

坂間にVサインしながら駒沢は言った。

「一部二千円なんですが、いかがですか」

「千鶴さん、気をつけて。課金目的だから」と新規の案件を未決箱に置きながら、石倉が忠告する。

「課金？」

「部長、スマホゲームにハマってね」

「課金すると奥さんに怒られるから、資金稼ぎ」

川添と浜谷からのさらなる情報提供に、坂間は持っていた冊子を駒沢に返した。

「誤解です。それに特別にお勧めのランチマップの付録もついてるんです」

「いりません」

ピシャリと言われ、駒沢は冊子を手にしょんぼりとデスクに戻る。


すでに皆は帰り、刑事部には坂間とみちおのふたりしかいない。帰り支度を終えたみちおがデスクで作業中の坂間に声をかける。

「終わったらおいでよ、歓迎会。顔出すくらいいいでしょ」

「差し支え……ありません」

うなずき、みちおが帰ろうとしたとき、「お荷物です」と声がした。

「はい」と応答したみちおは、すぐに坂間を呼ぶ。

「坂間さん、手伝って……坂間さん！」

「はい」と駆けつけると、みちおは巨大な段ボールを抱え、フラフラしている。慌てて端を持って支えながら、「なんですか、これ」と坂間は尋ねる。

「和歌山のふるさと納税の返礼品。僕のデスクに」

段ボールを運びながら、坂間は言った。

「今回、たしかに苦しんでる人が救われた。でも、それは刑事裁判官の仕事でしょうか。更生(こうせい)を考えるのは保護司や刑務官の役割です。裁判官に求められるのはあくまで——」

「ストップ！」

デスクに到着し、みちおは坂間の足と口を同時に止めた。

「議論好きだねえ。職業病だよ」

運び終えた段ボールをふたりがかりで開けると、出てきたのは大きな額に入った絵画だった。現代アートの一種なのだろうか。金色の背景に子どものイタズラ描きのような三本足のカラスが描かれている。

「なんですか、この絵？」

「カラスになれ」

「は？」

怪訝(けげん)そうな坂間に、みちおは真顔で告げた。

「イチケイのカラスになれ。坂間千鶴」

「……」

みちおはフッと微笑み、去っていく。

坂間はふたたびカラスの絵に目をやり、つぶやいた。

「どういう意味……？」

＊

十一年前――。

甲板に立ち尽くすみちおに向かって、誰かが近づいてくる。

「入間君」

振り向くと、駒沢が立っていた。

「もし、これを捨てるなら」とベンチに置かれている弁護士バッジを指さし、言った。

「お願いがあります」

「？……」

「裁判官になってくれませんか」

「!?」

「あなたには裁判官になってほしい」

戸惑うみちおに向かって、駒沢は熱く語りかける。

「そしていつの日か、あなた自身の手で裁くんです。この国の司法を」

どう反応していいかわからず、みちおの表情が揺れる。

しばしの沈黙のあと、みちおは言った。

「大きく出ましたね」

「大きく出ましょう」

「……」

みちおは弁護士バッジを手に取り、見つめる。

やがて、決意を固めたかのように、それを川に向かって投げた。

晴れ晴れとした顔のみちおに、駒沢が言った。

「……入間君、弁護士バッジは日弁連からの貸与品。返さないといけないですよ」

「あ……」

2

「タイム」

ショートの駒沢が審判に告げた。ファーストの浜谷、セカンドの坂間、サードの石倉、キャッチャーの川添が、それぞれのポジションからマウンドのみちおのもとへと集まってくる。

バッターボックスで素振りをしている井出を見ながら、駒沢がみちおに言う。

「ここは敬遠しましょう」

「いや、真っ向勝負ですよ」

「結果は火を見るより明らかです。九九・九％打たれます」と坂間は容赦がない。「ここまで二打席連続ランニングホームランです」

バッティングは言わずもがなだが井出はとにかく足が速く、打球が外野を抜けると必ずホームまで戻ってくるのだ。

「千鶴さんの言う通り、あの元甲子園球児、次元が違う」と石倉も敬遠をうながす。

「でも、〇・一％の可能性があるなら勝負したいんだよね」

マウンドに向かって向こうのベンチから城島があおってくる。

「おい、うちの井出が怖いのか。このチキン野郎！　チキン、ほらチキン、チキン」

城島の音頭で地検チームが、「チキン、チキン」と声をそろえる。

「ヤジがスゴい」

あきれる浜谷に川添が言った。

「日頃のうっぷんでしょうね。主に入間さんに対する」

「え、なんで？」

まるで自覚のないみちおに坂間が言った。

「とにかく敬遠も立派な戦術です」

「悔いなく全力を尽くす。そのほうが楽しいでしょ。見ててよ、僕の渾身の一球を」

みちおは譲らず、結局勝負をすることになった。

皆がポジションに戻り、プレーが再開される。

みちおはバッターボックスの井出に向かってあえて球種を見せた。ストレートだ。

井出はニヤリと笑い、バットでレフトのはるか後方を示す。ホームラン予告だ。

みちおは振りかぶり、思いきり腕を振った。

しかし、指先を離れたボールは井出の背中を直撃！

「うわっ」と声を上げ、井出は倒れた。ゆっくりと起き上がり、みちおをにらむ。

「……わざとですか」

「いやいや、濡れ衣です」

「わざとだ！」と城島がベンチを飛び出し、ほかのメンバーもそれに続く。すぐさま地裁チームも応戦し、マウンドは大混乱になった。

「みちこ!!」

みちおの叫びを聞き、ベンチの糸子がリードを離す。

「みちこ、GO！」

マウンドに向かって、みちこが巨体を揺るがしながら駆けていく。突然自分のほうにクマのように大きな犬が走ってくるのを見て、井出が慌てて逃げる。逃げるものを追いかけるのは犬の習性だ。

みちこに追われ、グラウンド中を逃げ回る井出を見ながら、みちおは大笑い。そんなみちおに坂間はため息をついた。

「……問題がありすぎる。入間みちお」

そこに糸子がやってきた。「携帯、鳴ってますよ」と坂間にスマホを差し出す。表示されている名前を見て、坂間は笑顔で電話に出た。

「もしもし、日高さん。え、これからですか」

試合を途中で抜け、坂間は最高裁判所へとやってきた。

「休みの日に悪かね」

「いえ」と日高に首を振ってみせる。あんな人たちとの草野球よりも日高さんと会うほうが百倍、いや千倍自分のためになる。

「あなたに紹介しておきたかったとさ、人事のトップば」

「はい」

ホールで待つふたりの前に、仕立てのいいスーツを身に着けた年配の男性がやってきた。日高が坂間に紹介する。

「こちら、最高裁事務総局、事務総長の香田さんよ」

「第三支部の坂間です」と坂間は香田健一郎に挨拶する。

「お噂は日高さんからよくうかがっておりますよ。ゆくゆくは事務総局に来るべき人材だと」

恐縮しながら坂間が小さくうなずく。

「第三支部の立て直し、任されているそうですね」

「はい。処理件数を上げて、必ず黒字に――」

「第三支部にはほかにも大きな課題がある」と日高が割って入った。「今日はそれをお願いするためにも来てもらったの。……入間みちお」

ハッとする坂間に、香田健一郎が言った。

「人事局でも、入間裁判官のことは問題視されつつあります」

「彼の問題行動に改善の余地がなければ、懲戒処分の対象になる。処分が必要とあなたが判断したら、人事に上げてほしいのよ」

「私が、ですか」と坂間は戸惑ったように日高を見る。

「あなたにしかお願いできないことよ」

一瞬考え、坂間は満面の笑みを日高に向けた。

「はい！」


翌日。出勤するや坂間はみちおに一枚の紙を突きつけた。

「入間さん。問題行動を自覚してもらうべく列挙しました。あなたは組織のルールから明らかに逸脱しています」

『行動改善要望書』と題されたその文章を見て、みちおはギョッとなる。『法廷の秩序を乱す行為』『裁判官としての品位を貶める行為』『公判の長期化を助長する行為』などの項目別に細かな手書き文字でびっしりと自分の行動が記されているのだ。

「気分次第でヒゲを生やし、法服を着て外を自由に歩き、法壇からも降りる。公判で気になるたびに職権を発動して捜査を行い、時間がかかり支部の赤字がふくらむ――あなたには変わってもらう必要があります」

「でもね、坂間さん」

「異議は却下します」

「試合、勝ったんだよ。君が途中で抜けたあと、大逆転。いやぁ、あのデッドボールから流れが変わってね」

「なにあからさまに話題を変えてるんですか。できるところから改善を。困るのは、入間さん自身なんですよ」

「なんで僕が困るの？」

事情を話すわけにもいかず、坂間は口を閉じた。

「もしかして、上になにか言われてるとか？」

「い、言われてません。とにかく改善を！」

そこに駒沢がやってきた。

「合議制で扱いたい案件があるんですが」とふたりに声をかける。「一審で有罪判決が下された差し戻し案件です」

差し戻し……。

坂間とみちおは顔を見合わせた。

会議室に一同が集まり、案件資料を見ながら駒沢の説明を聞いている。

「被告人は料理研究家、深瀬瑤子。現在三十三歳。我が子に虐待行為を行い、懲役二年六か月の有罪判決が下されました。子どもは後遺症なく回復。現在三歳。だが一歩間違えれば命を落としていた。被告人は送検時に笑っていた様子が鬼女の微笑みと呼ばれ、SNS上で話題になっています。保釈申請が通り、現在保釈中です」

「母の愛は海より深し……のはずなのにね」

安易な川添の言葉に、すぐに浜谷が反論する。

「海より深しでも、周りのサポートがないと赤ちゃん中心の毎日に追い込まれていくのも事実だけどね」

みちおが資料を読みながらつぶやく。

「ただ被告人は虐待を否認して、控訴したんだ」

「ええ」と駒沢がうなずく。「そして差し戻された」

「虐待による乳幼児揺さぶられ症候群——SBS、シェイクン・ベイビー・シンドロームですか」と起訴状を見ながら浜谷が尋（たず）ねる。「赤ちゃんの頭を激しく揺さぶることによって、脳に損傷が起こるんですよね」

駒沢はうなずき、「慎重な審理が必要です」とむずかしい顔になる。

地方裁判所での第一審の有罪判決に不服だった被告が控訴する。それを受けて高等裁判所が審理内容を精査し、もう一度地裁で審理し直すのが差し戻し審だが、高裁が差し戻す理由はさまざまだ。

「今回、高裁が差し戻した大きな理由は、第一審の裁判長の存在でしょうね」

「そこまで気をつかわなければいけない裁判官……?」

糸子がつぶやき、坂間が資料を確認する。

「香田隆久（たかひさ）裁判長……」

「最高裁事務総局の事務総長、香田健一郎さんの息子ですよ」

駒沢からの情報に、坂間は思わず声を上げた。

「えっ!?」

「裁判官にとって、判決をひっくり返されることはこれ以上ない汚名よね」

浜谷にうなずき、川添が言った。「これは完全に取り扱い注意案件ですよ！」

すかさず坂間が駒沢に申し出る。「部長、合議ではなく単独事件でお願いできますか。私抜きで」

「あ、保身だ」

みちおにツッコまれ、坂間は開き直った。

「ええ、保身です。危険を察知し、事前に我が身を守るため最善の策をとる。裁判官という組織のなかで生きていく以上、その人事のトップを敵に回すのは百害あって一利なし。一〇〇％の保身ですが、なにか」

「……すごい。保身が正論に聞こえる」とその潔さに浜谷は感心。

石倉は、「千鶴さんの言う通りです。サラリーマン以上にサラリーマンなのが裁判官の世界。保身大切」と親指を立ててみせる。

「部長、単独で」

「でも、慎重な審議が必要なので、合議で」と駒沢はあっさり却下した。

「……」

「あと三年もすれば部長は定年。今さら保身したって意味なーし。ふざけんな、このタヌキ親父……って今、思った？」

坂間はキッとみちおをにらむ。

「三秒無言だと心を読むのやめてもらえますか」

「やめてあげて」

「ん？」とみちおが石倉を見る。「なんか、やけに坂間さんの援護するね」

石倉は恥ずかしそうにうつむいた。

「とにかく合議制で。裁判長は入間君、お願いできますか」

「待ってください」と坂間が慌てて駒沢をさえぎった。「慎重な審議が必要と今、言いましたよね。部長が裁判長を務めるべきです」

「僕、やりますよ」

「……猛烈にイヤな予感。入間さん、わかっていると思いますが、これは本当に取り扱い注意案件ですからね。穏便(おんびん)にお願いします」

「わかりました。いつも通りやります」

「……わかってない」

＊

第一回差し戻し公判――。

法廷の後ろの扉が開き、深瀬瑤子が入ってきた。傍聴席の間を通り、被告人席へと向かう。夫の啓介と義母の弘子の横を通ったとき、弘子が立ち上がった。

「鬼よ、あなたは」

憎しみの言葉をぶつける母を、啓介が慌てて制する。しかし、瑤子は特に動揺した様子もなく通りすぎ、被告人席に着く。

みちお、坂間、駒沢が入廷し、「起立」と川添が号令をかける。裁判長のみちおに合わせ、一同が礼をしたとき、ひとり遅れて傍聴席に三十半ばの男性が入ってきた。

「香田裁判官ですね」と駒沢が小声でみちおと坂間に告げる。

坂間は平静を装うも、心のなかで顔をしかめた。

監視されてるみたいで、やりづらい……。

「では、始めましょう」

みちおが開廷を宣言し、瑤子がようやく前を向く。

白いブラウスを身に着けているのは、自分の潔白をアピールしているのだろうか。すべての感情を排除したようなガラス玉のような目が、裁判長席のみちおをとらえる。

証言台に立った瑤子にみちおが尋ねた。

「あなたがこれまでの裁判で主張していた通り、虐待をしていないということに変わりはありませんか。検察の起訴内容が事実に反するなら、被告人はそのことをはっきりと言ってください」

瑤子の目に初めて感情が、強い意志が灯った。

「私はやってません。我が子に虐待など、やっていません」

坂間はチラッと右隣をうかがう。

被告人が否認。さて、どう出る……。

その顔に喜びが広がっていく。満面の笑みを浮かべるみちおに、坂間は驚愕した。

なぜ、喜ぶ？　入間みちお——。

「あなたは育児に悩み、うつ状態でしたね」

質問に立った井出が瑤子に尋ねる。

「ようやく仕事に復帰した矢先だった。平成三十年十一月九日、事件当日、詩織ちゃんは一向に泣き止まなかった。密室であなたと詩織ちゃんは一緒だった。あなたが仕事に出かけたあと、子どもを託児所に預けに行こうとした深瀬啓介さんは、詩織ちゃんの手が動かないのに気づいた。そして病院に緊急搬送……あなたがやっていないなら、なぜ、お子さんにSBSの兆候が現れたんですか」

「……わかりません」

頬づえをつき、「うーん」とうなりながらみちおが言った。

「私にもわかりません。そのSBSの兆候っていうのが。子育てをしているなかで不可抗力で起こったりしないんですか。例えば、子どもの髪を乾かしているときに揺さぶってしまうとか」

心のなかで坂間がツッコむ。

そこに引っかかると審理が先に進まない……。

「裁判長」と城島が立ち上がった。「一秒間に二、三往復以上、それを五から十秒続けるんですよ」と手にしたペンを揺らして説明する。

「イメージがわきません。実験してみましょう」

「は?」

「実験とは……」坂間が顔色を変えた。「幼児を実際に揺さぶるなど——」

「対象は私で。駒沢裁判官、揺すってみてください」

「え……」

仕方ないなぁと立ち上がり、駒沢はみちおの両肩をつかんで揺さぶった。みちおは平然と向き直り、言った。

「これぐらいなら、故意でなくても不可抗力で起こり得るんじゃないでしょうか」

ストップウォッチを手にした井出が、「いえ」と否定する。「今のは既定の数値に達していません」

「替わってください」

坂間がみちおの背後に回り、ガンガン揺さぶる。みちおの頭が波を打ったようにガクンガクンと揺れる。

「既定の数値に達しました」と井出が告げるのと同時に、坂間はみちおの両肩から手を離した。みちおはぐったりと裁判長席に倒れ込む。

のっそりと起き上がり、みちおは言った。

「明らかに虐待です！」

だから最初からそう言ってる!!

さっそくの入間劇場に傍聴席の「みちおを見守る会」の面々が大喜びでスケッチブックにペンを走らせる。今日はハンドルネーム「牛乳少年」のふたりと古くからのみちおウオッチャー、富樫浩二の姿がある。

「続いて、深瀬詩織ちゃんがSBSだと診断した専門医の証人尋問を行いましょう」

小児科医の足達克己が証言台に立った。

弁護人の土屋里美が質問する。

「今回差し戻しになった焦点。未診断の疾病などでもSBSと似た症状は起こることがわかってきているはずです」

「深瀬詩織ちゃんのケースはそれに当てはまりませんでした」

「では外傷はどうですか。これまでのSBSの訴訟でベビーベッドやイスやソファから落ちた際の頭部外傷でも、同様のケースが起こり得ると認められた例があります」

すかさず井出が立ち上がった。

「しかし事件当日、深瀬詩織ちゃんにそんなことは起きていない。警察はすでにその事実を調べています」

「裁判所からもよろしいでしょうか」と駒沢が口を開いた。「ほかの医師の見解はどうなんでしょうか」

「十人の専門医がいたら十人、私の意見が正しいと言うはずです」

足達の答えにみちおが反応した。

「なるほど。十人いたら十人ですか」

「あ……」

しまったと駒沢はみちおを見た。

この流れ、まさか……。

イヤな予感に坂間もみちおを振り返る。書記官席から川添が、みちおに向かって身振り手振りで懇願しはじめた。

十人はやめろ。手配するのは私だ。別の医師ひとりでいい。頼む――川添さん、的確なジェスチャー……心のなかで坂間が拍手する。

うなずき、みちおは言った。

「じゃあ、十人の専門医を呼んで、話を聞きましょう」

川添はガクンと頭を垂れた。

法廷を出るや、川添は猛然とみちおに抗議した。

「十人も必要ないでしょ！」

通りがかった石倉が、「いきなりですか、ヘルプ要請。みちおさんの暴走？」と刑事部へと戻る一同に加わる。

「大暴走ですよ」と川添は顔をしかめるが、「新たな可能性が見つかるかもしれないでしょ」とみちおはまるで取り合わない。

「部長、このままでは恐ろしく時間がかかります」

「いや、でも裁判長がね、法廷で言っちゃいましたから」

なおも抗議しようとする坂間に、駒沢が言った。

「お客さんですよ」

階上の廊下で香田隆久が待っていた。

「!……」

やってきた一同に向かって、香田が頭を下げる。

「私が審理した案件、差し戻しを担当していただき、ありがとうございます。父もよろしくと言っていました」

反応に困り、坂間がみちおを見る。

「さりげなくプレッシャーかけやがって……って今思った」とみちおが香田に向かって坂間を指さす。

「なぜ今、私の心を読むんですか!?」

「そうですよ」と石倉もボソッとつぶやく。「心読んでも口に出しちゃいけない空気も読まないと」

「とにかく、そんなこと私は思っていません」

「絶対思ってたよ。少なくとも僕は思ったよ」

そう言って、みちおは香田に笑顔を向けた。

「いやぁ、圧力みたいなの、一番嫌いなんだよなぁ」

川添がボソッとつぶやく。「はっきり言っちゃったし」

香田は余裕の笑みを浮かべ、みちおに尋ねた。

「入間さん。裁判官にとって、一番やってはいけないことはなんだと思いますか」

「難問だな」

「答えは……間違えることです」

「……」

「人が人を裁く。決して間違ってはいけない」

「そうかな」

「そうです！」と坂間が強くうなずく。香田が続ける。

「SBSはほとんど起訴されないのが実態なんです。裁判所がむやみに動けば、さらに検察は起訴を躊躇(ちゅうちょ)する傾向が生まれる。そして虐待は見逃されてしまう。そんなことがあってはいけない」

「……」

「間違えないように」と香田はみちおの肩に手を置いた。「お願いします。今から父と会食ですので、みなさんのことも話しておきますよ」

去っていく香田に、坂間が小さく頭を下げる。

「今もさりげなくプレッシャーかけたよね」

つぶやくみちおに坂間が言った。

「……くれぐれも穏便にお願いします」

「穏便に……ね」

*

第二回差し戻し公判――。

窮屈そうに証言台の周りに集った十名の医師たちに、みちおが声をかける。

「SBS以外の可能性はないか、みなさんで話し合ってみてください。どうぞ」

うながされ、あらかじめ資料を読み込んでいた医師たちが意見を交換していく。

「血腫のCT値に少しムラがありませんか?」「時間が経ってるってことですか」「だとすると、この日以前の出血かもしれない」「この程度で、それが言えますか」……。

その光景を見ながら石倉がボソッとつぶやく。

「まるで法廷内カンファレンス」

隣で川添もつぶやいた。

「入間劇場、第二幕」

そのとき、傍聴席の弘子が立ち上がった。

「いい加減にしなさい！　あなたがやった！」と瑤子に指を突きつける。

「母さん、落ち着いて」

駒沢が鋭い声で弘子を制する。

「傍聴人は静かにしてください」

やがて、話し合いが終わり、代表の医師がみちおに言った。

「裁判長。レアケースですがこの患者の場合は、外傷を負った日から症状が出るまでに三日間程度の幅があったかもしれません」

「え」とみちおが身を乗り出す。「三日間の幅……深瀬詩織ちゃんが急性硬膜下血腫を発症したのは、平成三十年十一月九日。しかし外傷を負ったのは、事件当日よりも以前、三日前までの可能性があると」

「はい」と医師たちがうなずく。

川添はみちおを振り返り、涙目でやめてくれと懇願する。が、みちおはガン無視。

まさか、気づかないフリ……と坂間はあきれた。

みちおはすっくと立ち上がると、頭を下げ、言った。

「職権を発動します。裁判所主導で捜査を行います。事件当日から三日間さかのぼって調べます」

井出と城島が天を仰ぐ。川添が顔を覆い、石倉は笑顔。傍聴席では「みちおを見守る会」の面々が嬉々としてスケッチブックに絵を描きはじめる。

瑤子の瞳に初めて希望の色が浮かんでいく。


打ち合わせのため合議室へと移動するみちおに、坂間がまとわりついていく。

「入間さん、あなたまさかこの案件、無理やりひっくり返そうとしていませんか。児童虐待について調べました。母親に愛情がないから虐待をするのか、愛情があっても虐待するのか、それは私にはわかりません。ただ児童虐待は増加し、深刻化している。そのなかでも香田裁判官が言ったようにＳＢＳはほとんど見逃されているんです」

すでにテーブルについている駒沢が、「この裁判の結果次第では、それが助長されるかもしれませんね」と危惧を示す。

「ひっくり返される事例が増えれば、検察は起訴しづらくなる」と井出。城島は隣の駒沢に釘を刺す。「おたくの裁判長、全力で止めろよ」

みちおはテーブルを囲んだ一同に紙パック飲料を配りながら、言った。

「僕はさ、いつもすっきりしないのがイヤなんだよなぁ」

「すっきりとは？」と坂間が尋ねる。

「うーん……残尿感かな」

「残尿感？」

「ほら、川添さん、いつも残尿感があって、すっきり眠れないって言ってるでしょ」

「なるほど、残尿感ですか。すっきりしたいですよね。だから組織のルールなんてお構いなしで、レアケースであれ可能性があればとことん調べ上げる。これが被告人のためと言うならまだ理解できたんですが、あなたの残尿感解消のためだとは。ハハハ」

淡々（たんたん）とした坂間のリアクションに、石倉と川添が顔を見合わせる。

「怒りを通り越して笑いに……」

「坂間ってますよ」

席に着いたみちおの顔を覗（のぞ）き込み、一転、坂間は畳みかけた。

「周囲の人にどれだけ迷惑がかかろうが一ミリも、いや一ミクロンも気にしない。そこに謎があるかぎり！　あなたは言うなれば、密室だとあえて喜ぶ、そう、迷えると書いて迷探偵！」

「そんなに褒められると照れちゃうよ」

「褒めてません！」

「でもさ、すっきりすれば自信を持って判決を下せるでしょ。五十年後でも正しいと思える判決を下したいんだよ、僕は」

その言葉はわからなくもない。

坂間はとりあえず矛を収め、席に着いた。

一同が刑事部に戻ると、糸子がみちおのもとへとやってきた。

「被告の旦那さんに連絡を入れました。あちらも話を聞きたいって」

「お、さっそく会いに行こうかな」

「坂間さんも一緒にね」

駒沢に言われ、「え」と坂間は困った顔になる。「いえ、差し支えます」

「ほら、単独行動させちゃマズいでしょ。取り扱い要注意案件」

坂間はデスクの上の未決案件を見て、ため息をつく。

「入間さん、私も同行します。溜まっている単独事件は帰ってきてから資料を――」

コートを取り出そうとしてロッカーを開けた瞬間、異臭が坂間の鼻を襲った。なかに入っていた異臭の原因を手に取り、絶句する。

「あ、それ、大島のふるさと納税のくさや」

坂間はビニール袋に入ったくさやをかかげ、尋ねた。

「なぜ、私のロッカーに？」

「開いてたから、ロッカー。閉めてあげるついでに」

「閉めてあげるついでに人のロッカーにくさやを入れた……」

あまりの臭さに鼻をつまみ、坂間は鼻声で続ける。「いろいろ言いたいことはありますが、そこはもう構いません。問題の焦点は、なぜ封を開けたままのくさやを密閉空間のロッカーに入れるんですか!?」

「小分けして袋に入れたよ。あれ？　封開いてたのかな」

「コートからカバンから全部、くさやの匂いがしみ込んでいます」

「大丈夫だよ」とコートをかかげる坂間に近づき、「くさっ」とみちおは飛びのいた。

「僕は気にしませんよ、千鶴さん」と石倉が近づき、「くさっ」と反射的に背を向ける。

漂ってきた匂いに、刑事部全員が鼻をつまむ。

「まあでも、おいしいから」

「ダメだ……会話が通じない……」


「わざわざ時間をとっていただき、すみません」

「いえ」と坂間とみちおを家に招き入れ、啓介は漂ってきた異臭に思わずつぶく。

「くさっ」

坂間は気づかないふりをする。みちおは玄関に出てきた詩織に声をかけた。

「こんばんは。詩織ちゃん」

「こんばんは」

「いくつ？」

詩織はみちおに三本指を出す。「三さい」

ふたりのやりとりを見ながら、坂間が啓介に尋ねた。

「娘さん、お母さんのことは？」

「事件があったのは一歳半の頃で、あれから一度も会っていませんし、覚えていないと思います」

「……」

居間の座卓をはさんでみちおと坂間は啓介と向き合う。

「事件当日からさかのぼって三日以内のことですよね」と啓介はスケジュール帳を確認しながら記憶をたどっていく。

「……妻が育児で悩み、うつ状態がひどくて社内の託児所に週に何度か預けていたんです。事件の日の三日前、十一月六日にも。託児所の保育士は小野田祥子さんという方なんですが、実は妻と出会う前に交際していたんです。結婚の話もしていて、別れるときかなり揉めました」

意外な人間関係が飛び出し、みちおは前のめりになる。

「まさかとは思うんですけど……」

「法廷に小野田祥子さんを呼んで、話を聞こう」とみちおが坂間に言う。坂間が答えかねているとスマホが震えた。

「すみません。失礼します」と坂間はスマホを手に廊下に出た。石倉からだった。

「千鶴さん、マズいですよ。香田隆久裁判官が千鶴さんに会いたいそうです」

「えっ!?」

帰宅するなり、坂間はベッドに倒れ込んだ。

脳裏に、つい先ほどホテルの高級鉄板焼き店で語られた香田の言葉がよみがえる。

「入間裁判官はまるで刑事みたいに捜査をされているとか。疑わしきは罰せずと無罪にしたらどうなるでしょう。責任がとれますか？　間違いを起こすようなら、あなたが修正してくださ い。私の父も期待しているはずですよ」

Ａ５和牛と事務総長のプレッシャー……顔を上げると部屋に飾った祖父母と妹との写真が目に入った。

「……」


みちおがドアチェーンをかけたままおそるおそるドアを開くと、すっぴん眼鏡姿の坂間が虚ろな表情で立っていた。

「ドアスコープから顔を見て、抗議なら居留守使おうと思ってたけど……なにか落ち込んでる？」

「祖父母の悲しむ顔が頭から離れなくて、眠れません」

「え……」

「物心がつく前に、私の母は亡くなりました。だから母親の愛情というのは、私にはわかりません。父は仕事が忙しく、私と妹は祖父母に育てられました。裁判官になったことを、祖父母は誰よりも喜んでくれました。私のことが誇りだといつも言っているんです。その期待に応えるためにも、毎日必死に努力して、キャリアプラン通りに進んできました。それなのに……」

「……」

「このままでは事務総長を敵に回して、きっと僻地へ左遷。心が折れて、裁判官を辞めることになって……地元の漁師と結婚するも価値観の違いから喧嘩が絶えずに離婚。そして自暴自棄になり、失踪して日本海に……」

エスカレートする妄想に、みちおは嘆息する。

「なんでそうなるかな」

「単独事件に切り替えて、私を外してください」

「……」

「……保身を軽蔑するならどうぞ」

「元アルゼンチン代表のマラドーナ」

「は？」

「一九八六年、ＦＩＦＡワールドカップ・メキシコ大会準々決勝、イングランド戦で決めた神の手ゴール——君はどう思う？」

意図を測りかねて黙っていると、みちおは続けた。

「甥っ子に聞かれてさ。ゴール前に上がったボールにマラドーナは手を使い、ヘディングのようにしてゴールを決めた。この試合を裁いた主審はのちに言った。副審はゴールを指していたし、自分にはハンドは見えなかった。それに会場にいた八万人も同じように気づいていなかった。間違っていたのは僕ひとりじゃない。会場全体だよと。これ、裁判に置き換えたら興味深いよね」

「え……」

「マラドーナ本人だけは真実を知っていた。裁判官は、真実を知っている被告人に判決を言い渡さなければならない」

「……」

「僕たちは被告人を裁いているように見えて、実は僕たちも裁かれている」

「……なにが言いたいんですか」

「裁判官の仕事、面白いと思わない」

「は?」

「こんな面白いこと抜けるなんて、理解できないなぁ」

そう言って、みちおはドアを閉めた。

「……ダメだ。やっぱり会話が通じない」

肩を落としながら、坂間はすごすごと部屋に戻っていく。


翌朝、駒沢が刑事部に入るとすでに坂間が仕事をしていた。

「ずいぶん、早いですね」

坂間が案件資料から顔を上げる。「おはようございます。誰かさんが裁判を面白がって一向に処理件数が上がらないので。少しでも時間を確保して赤字を解消しないと」

「今回、被告が否認したとき、坂間さん、入間君を見ていましたよね。どうでしたか?」

「どうって……満面の笑みで喜んでいました。ありえない」

「そうでしょうか。被告人が無罪を主張すれば、より注意を払い冤罪を防ぐことができますからね。だから喜んだのだと思いますよ」

坂間は思わず対面のみちおのデスクに目を向けた。

「私もこの仕事、面白いと思っています。法廷にはさまざまな正義が飛び交います。今回のケース、たしかに虐待は許されない。それと同時に冤罪も許されない。私たちはそのなかで、最善の答えを導き出さなければいけない。これほど面白い仕事がほかにあるかな、と思います」

「……」

「おや、これは」と駒沢はみちおのデスクの上にあったノートを手に取った。「被疑者ノート」と記されている。「被告人が逮捕拘留(こうりゅう)されているときの記録かな。入間君が取り寄せたんでしょうね。元刑事弁護士らしいですね」

坂間のデスクにノートを置くと、「コーヒー飲んできます」と駒沢は奥のほうへと引っ込む。

目の前に置かれたノートを手に取り、坂間は目を通しはじめた。

『子どもが嫌いならなんで産んだ？　仕事やりたいなら産まなきゃよかっただろと言われた。たしかにダメな母親だった。でも虐待なんてしていない』

『夫の母親は私が虐待をしたと思っている。夫も私のことを疑ってる』

『世間では送検のとき、私が笑ったことを取り上げて、「鬼女」と言っていることを知った。違う。あのとき、誰かの携帯の着信音が鳴った。「あめふり」だった。詩織が大好きな曲。それを歌ってあげると、詩織は泣きやんで笑う。詩織のことを思って、笑みがこぼれただけ。詩織はもう私のことを覚えていないかもしれない。たとえそうでも、大人になったときどう思うだろう。やっていない。詩織のためにも、あきらめない』

綴(つづ)られていたのは娘を思う母親の、声にならない叫びだった――。

＊

第三回差し戻し公判――。

「弁護人、どうぞ」

土屋が立ち上がり、証言台に立つ祥子に尋ねた。

「小野田祥子さん。あなたは平成三十年十一月六日、会社の託児所で詩織ちゃんを預かっていますね」

「はい。でも、詩織ちゃんが頭を打つようなことなどありませんでした」

「あなたと深瀬啓介さんは、長年交際して、結婚の約束もされていたそうですね」

「……それがなにか」

「詩織ちゃんを前にしたとき、あなたはどう思いましたか？」

「どうって……」と祥子は気色ばみ、土屋を見た。

「ふたりの愛の結晶……憎いと思ったのでは？」

「異議あり！」と井出と城島が同時に立ち上がる。城島にうながされ、井出が言った。

「弁護人は証人を憶測で不当に中傷している！」

「裁判長、彼女が被告人を恨んでいた確証があります」

「異議を棄却します。弁護人、続けてください」

井出と城島が不満げに席に戻る。土屋はふたたび話しはじめる。

「事件後、ＳＮＳで被告人に対する誹謗中傷がありました。一番執拗に何度も書き込んでいた人物を調べました。ここに弁十一号証を提出する用意があります。中傷のまとめ記事を作り、誹謗中傷をあおりつづけていたのは……あなたですよね。小野田さん」

法廷がざわめき、疑惑のまなざしが祥子へと集まる。

「……私はなにもやっていない。虐待なんかやっていません！　私じゃない！」

取り乱し、叫ぶ祥子にみちおが声をかける。

「小野田さん、落ち着いて。ちょっと深呼吸しましょう」

「え……」

「法廷にいるみなさんも、全員で深呼吸」

そう言って、「さあ、はい！」と率先するみちおにならい、全員が深呼吸。

その異様な光景に坂間はあきれた。

入間みちお、あまりに自由すぎる……。

「全員でやる必要があるかどうかですよね」とつぶやく川添に、石倉が言った。

「空気を変えたいんでしょう」

緊迫していた法廷の空気が落ち着きはじめる。祥子の興奮が収まっていくのを見計らい、みちおが言った。

「やっていないことをやったと言われる。被告人の主張が正しければ、今あなたが味わった憤りを被告人はずっと抱えてきたことになります」

祥子がハッと表情を変える。

「どんな些細なことでもいいんです。十一月六日、詩織ちゃんのことであなたが気づいた異変があれば、教えてほしいんです」

少し考え、「そういえば……」と祥子は口を開いた。「詩織ちゃんに微熱があり、かかりつけの病院に念のために連れていきました。診察室で仕事の電話が入り、その場を離れたんです。それで戻ったらまだ診察が続いていて、少し長かった」

「長いとは？」

「普通なら十分程度だと思うんですが、結局三十分ぐらいかかったんです」

「その病院と担当した医師は？」

「新浦辺総合病院の足達克己先生です」

「！」

坂間と駒沢は同時にみちおをうかがう。

「今回のＳＢＳを診断した医師ですね」

坂間は無言で駒沢にうなずき、みちおは言った。

「足達医師を法廷に呼び、再度話を聞きましょう」


しかし、足達から証人尋問は拒否された。

「こちらから出向く所在尋問は？」と駒沢が糸子に尋ねる。

「差し支えだそうです。忙しくて、日程が組めないと」

坂間はおそるおそるみちおをうかがう。みちおはすでに立ち上がっていた。

足達の勤務する新浦辺総合病院の正面入口をくぐり、坂間はみちおに言った。

「所在尋問の日程を聞くとはいえ、急に押しかけるのはやはりどうでしょう」

「お腹が痛いついでだから。ああ、痛たたたたた」

棒読みで痛がりながら、みちおは小児科フロアへと歩を進める。

「すみません。先生、忙しくてお会いできないと」

面会を希望したが、あえなく断られた。

「これって、やっぱり避けられてます？」

受付の看護師は曖昧な笑みを浮かべる。

「……最初の尋問には応じたのに」

「やっぱり、なにかあったのかもね」

坂間に言い、みちおは廊下の奥でたむろしていた看護師たちに声をかけた。

「裁判所の者ですけど」と身分証を提示し、尋ねる。「足達先生、最近どうですか?」

「?……」

年配の看護師が思案顔になるのに、みちおは目ざとく気がついた。

「あなた、なにか気になることが?」

「……昨日の夜、先生、誰かと揉めていたんです」

「それ、この人ですか?」とみちおがスマホの画面を見せる。

「あ、はい」と看護師はうなずいた。

「ありがとう」

踵を返したみちおを坂間が慌てて追いかける。

「誰ですか」

みちおが差し出したスマホ画面には香田隆久の画像が表示されていた。

「!?……どうして香田裁判官だとわかったんですか?」

「足達医師が裁判で証言したとき、香田裁判官が傍聴に来たでしょ。足達医師の言動をチェックしてる感じだったんだよね。それに足達医師も香田裁判官のことを気にしていた。だから、もしかしてそうなのかなって」

「ふたりになにかしらの接点が……」

「それ、調べてみたよ。高校と大学で剣道部の先輩と後輩だった」

「ええっ。じゃあ足達医師は香田裁判官に逆らえない関係だった……？　第一審の判決でSBS診断に足達医師が関わったのは」

「それは偶然だろうね。でも、差し戻しで足達医師が証言したとき、なぜ香田裁判官は傍聴に来たのか。法廷で再度尋問を決めたあと、ふたりはなにを揉めていたのか……点と点がどうつながるかだね」

　この人は闇雲（やみくも）に動き回っているだけじゃないんだ。裁判官席から被告人や証人、傍聴人までをしっかり観察し、その上で感じた疑問点を一つひとつ解決していく……。

　病院を出たところでみちおのスマホが鳴った。

「部長からだ」と坂間に言い、電話に出る。「えっ……本当ですか、それ」

「どうしました？」

　みちおはスマホを耳から離すと、坂間を振り返った。

「日本代表だって、僕が」

「は？」

「各国の裁判官が集まる国際交流で、アメリカに長期の海外出張だって」

「はい？」

その夜、イチケイの一同は石倉の実家のそば処「いしくら」に集まった。

「各国の裁判官の国際交流は入間君にとっては名誉なことです」と駒沢が客観的な判断をみちおに告げる。

「なんで僕かなぁ。まあいいや、行ってくる」

「なに、軽率に乗っかってるんですか！」と坂間が声を荒らげた。「差し支えるところでしょ。裏があるの、見え見えじゃないですか。拒否してください！」

「誰を選ぶかは事務総局決定で行われるよね」と浜谷。

「香田隆久裁判官がお父さんのラインを使って働きかけたってことですか？」

糸子の推測に駒沢がうなずく。「コントロールできない入間君を、裁判長からなんとしてでも外したいということでしょう」

そばを運びながら石倉が言う。「海外に行けば、次の公判には出られない」

「そこへ本庁の息のかかった裁判官が来て、裁判長を務める算段」と川添。

「いずれにせよ」とみちおがまとめる。「向こうからしたら、よほど触れられたくないことがあるんだろうねえ。坂間さん、抜けるんだったら今しかないよ」

「え……」

「ここから先、結構な闇を掘り起こすことになるかもしれない」

不安に陰った坂間の表情が、やがて覚悟を秘めたそれへと変わっていく。

「出世につまずくのは受け入れられません。でも私は裁判官です。真実から目を背けることは、もっと受け入れられません」

そんな坂間に、みちおはフッと微笑む。

坂間の前にそばを置きながら、石倉が言った。

「千鶴さん、やっぱりカッコいいです」

坂間がリアクションに困っていると川添が手を挙げた。

「私、抜けてもいいですか？」

「主任、今、保身見せちゃダメな流れ」と浜谷が釘を刺す。

「ええ～」

「さて、これからどう手を打つか、ですね」と駒沢がみちおをうかがう。

「足達医師に連絡して、病院で所在尋問を行う用意をして」

みちおの指示に川添と石倉が同時に、「はい」と応える。

「それともうひとり、証人尋問の手続きを」

「もうひとり……?」と坂間がみちおに尋ねる。

「香田隆久裁判官」

「!?」と皆がそばを詰まらせた。

「彼からも話、聞いてみたいんだよね」

「裁判官を法廷に呼ぶなんて前代未聞ですよ」

心配する坂間とは対照的に、駒沢が楽しげに言った。

「いいじゃないですか、前代未聞。足達医師の証言を持って、香田裁判官を法廷に呼びましょう」


みちお、坂間、駒沢、石倉、川添のイチケイ陣に検察の井出と城島、弁護士の土屋を加えた一同が新浦辺総合病院のフロアを行く。

小児科の受付に着くと、坂間が前に出た。

「足達医師の所在尋問にうかがいました。お伝えした通り、お時間ができるまで待機させていただきます」

受付の看護師が困った顔になる。

「先生ですが、今日からベルリンに」

「ベルリン!?」

「提携している向こうの病院に急に行くことになって」

「残念だったな。有力な証言者かもしれない人間を逃して」と城島が少し安堵したように言った。

駒沢が前に出て、看護師に尋ねる。「ちなみに今日からって、もしかして今向かっているところですか」

「たしか十三時の飛行機です」

坂間が時計を確認し、「まだ間に合う」とみちおを振り向く。「召喚に強制的に応じさせるため勾引状が必要です」

「急いで令状を用意」

みちおにうなずき、「浜谷さんにすぐに令状を作成してもらいます」と石倉がスマホを手に走り出す。

「あとから追いかけます」と川添が石倉のあとを追う。

「私たちは空港に」

駒沢の声と同時に皆が一斉に動き出す。

勾引状の入った封筒を手に糸子が裁判所を飛び出す。そこに石倉と川添の乗ったタクシーが滑り込んできた。

「お願いします！」

石倉が窓から封筒を受けとり、タクシーは急発進。

一行を乗せたワゴンは空港を前に渋滞に巻き込まれていた。そこに駆けてきた石倉が息を荒くしながら動かない車に乗り込む。

「間に合った……」

差し出された封筒から令状を出し、みちおが自分の名前の上に拇印(ぼいん)を押す。

「こっちが間に合わないかもしれません」

焦(あせ)る坂間とは対照的に、みちおは冷静に井出に尋ねた。

「井出君ってさ、ベースランニング何秒？」

「は？」

「すごい足、速かったよね」と令状を入れた封筒をバトンのように丸め、「走って」と井出に差し出した。

「なんで、私が」

「そうだよ」と横から城島も横槍を入れてくる。「検察の不利になるかもしれない証人をうちが捕まえる義理はない」

そんな問答を続けているうちにも時計は刻々と針を進めていく。車列はまるで進まない。みちおと坂間と駒沢は顔を見合わせ、同時にワゴンから飛び出した。

高速の脇を三人が駆けていく。が、寄る年波には勝てず、すぐに駒沢が音を上げた。

「あとは託します」と令状のバトンををみちおに渡す。

しばらくふたりで並走していたが、徐々にみちおのスピードが落ちてきた。

「入間さん」と振り向く坂間に、「あとは坂間さん、託した」と令状バトンを渡す。受けとった坂間はさらに一段ギアを上げる。グンとスピードが増し、あっという間にみちおを置き去りにする。

しかし、一キロも走ったところで息が切れてきた。もう革靴ではキツいと靴を脱いだとき、背後から何者かが自分を抜き去っていった。

立ち止まり、坂間に向かって手を伸ばす。

「井出さん！」

「貸して、勾引状」

坂間は井出にバトンを渡した。「あとは託します！」

「僕のベースランニングは一三秒二九」

そう言うや、井出はものすごい勢いで駆け出した。

前を走るランナー集団をあっという間に抜き去り、立ちはだかる通行止めのバリケードをハードルの要領で華麗に飛び越え、井出は走る、走る、走る。

ついに空港へとたどり着いた。

飛行機の離陸時間まであと三十分ほど。井出は息を切らしながら、足達の姿を求めて出発ロビーを探し回る。

いないか……とあきらめかけたとき、井出の目が足達の姿をとらえた。

「足達さん！」

*

第四回差し戻し公判――。
みちおら裁判官が入廷し、法廷に集った一同が一礼する。法廷の空気が一気に張りつめ、川添がボソッとつぶやく。

「さあ、いよいよ入間劇場第三幕ですよ」

「緊張してきた……」と石倉が声を漏らす。

みちおにうながされ、証人が前へと進む。証言台に立ったのは香田隆久だ。

「良心に従って真実を述べ、何事も隠さず、偽りを述べないことを誓います」

宣誓を終えた香田にみちおが尋ねる。

「香田裁判官。本法廷で足達医師に再度証人尋問を行うと決めた日の夜、病院で彼と言い争っていましたよね」

「足達君とは古い付き合いです。たまに喧嘩することもあります」

「証人尋問を要請した件ではないと」

「入間裁判長。あなたは私になにが聞きたいのですか」

「ではお聞きします。裁判官にとって、一番やってはいけないことはなんですか」

香田はフンと鼻を鳴らした。

「それは私があなたに言ったはずです。間違えることです。人が人を裁く――決して間違ってはいけない」

「私はそうは思いません」

坂間が横目でチラとみちおを見る。

「裁判官だって間違えることはあります。でもそれ以上に大きな罪は、間違いを認めないということではないでしょうか」

「……」

「誰しもがさまざまな荷物を抱えて生きています。間違いを認めることは勇気がいります。しかし我々は裁判官です。判決によって人の人生を左右することもある。だからこそ、間違えたときに我々はどう行動するべきなのか——それが大事だと私は考えます」

その言葉に心を揺さぶられ、坂間はみちおへと顔を向けた。

今、ちょっとだけ刺さった……。

被告人席の瑤子の口もとにもかすかな笑みが浮かぶ。

しかし、香田は動じず、相変わらずの尊大な顔つきでみちおを見据えている。

「香田裁判官。第一審判決で、あなたは間違えていませんか」

「間違えていません」

「わかりました。では、ここでもうひとり証人尋問を行います」

最後方の扉が開き、入ってきたのは医師の足達だった。香田の目が驚愕で見開かれる。

信じられないという表情の香田にみちおは言った。

「彼はベルリンにいると思っていましたか」

いまいましげに見返してくる香田に、みちおは微笑む。

香田と入れ替わり、足達が証言台に立った。

瑤子が息をのんで見守るなか、みちおが足達をうながす。

「事件の三日前、十一月六日、深瀬詩織ちゃんが病院に訪れたときのことを話していただけますか」

「微熱があるということで、詩織ちゃんは保育士の方と私のところに来ました。診察中に急患のことで緊急の処方の電話があり、私はカルテを確認するためにパソコンに向かいました。診察台に放置し、目を離した隙に、詩織ちゃんが寝返りを打ち……落ちてしまいました」

足達の告白に法廷は騒然となる。

「すぐに異常はないか確認しました。問題ないと判断した。でも三日後、救命から呼び出しを受けて駆けつけると……詩織ちゃんは急性硬膜下血腫で危険な状態でした。診察台から落ちたことが気になった。でも母親は育児に悩み、うつ状態。虐待の可能性があると聞きました。SBSだと私は診断した」

話を聞いている瑤子の目に涙がにじんでくる。

らです」

「疑念が生じたのは、有罪判決を受けたあとも深瀬瑤子さんが無罪を主張しつづけたか

「それであなたはどうされましたか」

「思い切って香田裁判官に相談しました」

誤診をしたかもしれないという告白を聞き、今さら判決を変えることなどできないと香田は口をつぐむことを足達に強要した。

「お前は間違えていない。そして俺も間違えてなんかいない……と」

法廷がどよめき、多くの人たちの目が傍聴席の香田に集まる。

証言を終え、うつむく足達にみちおが言った。

「足達さん。これは深瀬瑤子さんが母親として誇りを取り戻すことができるかどうかの裁判です。世間から多くの誹謗中傷を浴びた。それでも無実を訴えつづけた。母親として彼女の人生がかかっていますよ」

こらえ切れず、瑤子の口から嗚咽が漏れる。

「真実を話していただけますか。あなたがベルリンに行き、一週間で戻ってきた理由を聞かせてください」

足達は瑤子に目をやり、覚悟を決めた。

「向こうには私の恩師がいる。ＳＢＳの分野での第一人者です。深瀬詩織ちゃんが落ちた診察台の高さ、救命に運び込まれたときのＣＴ画像などをすべて見てもらい、世界のさまざまな症例と照らし合わせて診断してもらいました」

「診断結果を教えていただけますか」

「三日前の外傷が原因――ＳＢＳではない。これが真実です」

自分の無実が明かされ、瑤子の目から涙があふれた。騒然となる法廷に、瑤子の泣き声が響いていく。

「検察官」とみちおが井出に目をやる。「本日、即日で判決を出したいのですが」

「即日……このあとにですか」

「はい」

井出は城島と顔を見合わせる。法を司る人間として、これ以上一秒でも長く瑤子に罪を着せたくないというみちおの思いは痛いほどわかる。

「わかりました」と城島が応えた。

証言台に立った瑤子に、みちおは告げた。

「主文。被告人は無罪」

自分にはなんの罪もないと告げていくみちおの言葉を聞きながら、瑤子は涙が止まらなくなる。

「……裁判長、本当にありがとうございました」

深々と頭を下げる瑤子に向かって、みちおは法壇を降りていく。瑤子の正面に立ち、みちおは言った。

「あなたが味わった苦痛は計り知れない。一裁判官として、深くお詫びいたします。申し訳ございませんでした」

みちおが頭を下げると同時に坂間と駒沢も席を立ち、頭を下げる。

「罪のない人を罰することのないよう、きちんと審理をしなければならない。そのことを強く意識することができました。ありがとうございました」

涙に濡れた顔をくしゃくしゃにして笑う瑤子に、みちおも笑みを返す。

傍聴席のみんなが感動するなか、香田はひとり怒りに身を震わせていた。

裁判所を出た瑤子が並木道を土屋とともに歩いている。

その前に啓介が立った。弘子も来て、詩織を呼び寄せる。

瑤子の足が思わず前に出る。

「詩織！」

しかし、その足はすぐに止まった。

「覚えてないよね……」

弘子が詩織の背中をポンと押す。詩織が瑤子に向かって駆け出した。

「ママ！」

笑顔で飛び込んできた愛娘を、瑤子は抱きしめた。

「詩織……」

あの小さかった子がこんなにも大きくなったんだ……。もう二度と離しはしないと瑤子は強く強く娘を抱く。

「ママ、おうた覚えたよ」

詩織はそう言うと、『あめふり』を歌いはじめた。

たどたどしい歌が愛おしくて仕方ない。


法廷を出たみちお、坂間、駒沢の三人を拍手の音が出迎えた。手を叩いているのは香田だった。

「お見事でした。しかし君たちは終わりだ。裁判官としての未来はない。私を敵に回した。最初に忠告したはずですよね。わかりやすいサインも出してあげましたよね？」

浮かべていた下卑た笑みが怒りへと変わる。

「察しろよ。こっちの要求通り判決を出せばよかったんだ。お前は間違えたんだよ！」

と香田はみちおに指を突きつけた。

そのとき、坂間が香田の前に出た。

「憲法第七六条――すべて裁判官は、その良心に従い独立してその職権を行い、この憲法及び法律にのみ拘束される！　あなたにとやかく言われる筋合いはありません！」

虚を突かれ、香田はあ然と坂間を見つめた。

「その通り」とみちおが坂間に拍手する。

「坂間裁判官、あなたもタダで済むと思わないでください」

にらみを利かせる香田の前に、今度はみちおが進み出た。

「それはあなたもね」

＊

翌日。

「大変です」と川添が刑事部に駆け込んできた。「事務総長が」

「えっ」と中二階にいた坂間が慌ててテーブルの下に身を隠す。

「千鶴さん、それ見えてますよ」と下から見上げながら石倉が注意する。

坂間が下のフロアに降りると同時に香田健一郎が入ってきた。

「事務総長……」

坂間の前に立ち、香田健一郎は言った。

「懲戒処分にします」

「えっ!?」と思わず駒沢が声を漏らす。

しかし、事務総長が口にした名前はみちおでも坂間でもなかった。

「香田隆久裁判官を。私が責任を持って処分します」

「……」

「申し訳ない」と香田健一郎は頭を下げた。すぐに顔を上げ、辺りを見回す。

「入間裁判官は?」

「今、お昼ご飯を買いに外へ」と石倉が答える。

「彼にもくれぐれも謝罪の旨(むね)を伝えておいてください」

そう言うと、香田健一郎は踵を返した。一同が頭を下げて見送る。

刑事部から事務総長が去り、坂間は詰めていた息を「はあ」と吐(は)き出した。

「事務総長が人格者でよかった……」

「案外これが効いたのかもしれませんよ」と駒沢がデスクに広げた新聞記事を見せる。

「入間君が司法記者クラブに答えたコメントです」

　皆が記事を覗き込む。

『今回の差し戻し。無罪判決を出したことで、審理に関わった裁判官がどこかへ飛ばされるんじゃないかって噂話があるんです。あるわけがない。そんなの都市伝説ですよ。裁判所って、真実に公平な場ですから』

「たしかにこう言えば、相手はなにもできない」

　感心する川添に石倉もうなずく。

「みちおさん流の圧力だ」


　その夜、長崎料理がウリの居酒屋で坂間は日高と会っていた。鯨ベーコンや長崎おでんなどを肴に地元の酒を飲みつつ、坂間は切り出した。

「入間さんの処分ですが、必要はないと判断しました。改善すべきところは、私が責任を持って対処いたします」

「失望させないでね」

「え……」

「入間みちおに感化されないように」

「日高さんが入間さんにこだわるのは、これが原因ですか」

坂間はカバンからある公判記録を取り出し、日高に見せる。

「駒沢部長が三十件もの無罪判決を出したことを聞いて、過去の公判を調べてみたんです。この公判、裁判長は日高さん。右陪席（ばいせき）は駒沢部長。そして、弁護人は入間みちお」

フッと息をつき、日高は淡々と語りはじめる。

「殺人事件の公判だった。私は有罪判決を下した。その後、刑務所で被告人は無実を主張して、自殺を図った。入間みちおは、弁護士を辞めて裁判官になった」

「判決は正しかったんですか」

「私は間違えていない」

断言するその顔に、坂間は香田と同じ危うさを感じてしまう。


日曜日。

地裁対地検の恒例の草野球対決が行われている。

五回表、ツーアウト二塁三塁。三対一で地裁は二点のリードを奪われている。バッターボックスに三点すべてを叩き出している井出が入る。

「タイム」

駒沢が審判に声をかけ、マウンドに内野を集めた。

「以前と同じシチュエーションですね」

「ここは敬遠ですよ」と言う石倉に、みちおは真っ向勝負を譲らない。

坂間がじっとみちおを見つめる。

「あれ、わからなかった」

「え……」

「今、坂間さんがなにを僕に対して考えているのか、わからなかったな」

「……なんでもかんでも、私の心が読めると思ったら大間違いです。いいから、敬遠してください」

「今度こそ勝負して勝ちたいんだよ」

みちおの熱意に負け、皆はそれぞれのポジションへと散っていく。

戻ってきたキャッチャーの川添に井出が言った。

「まさかとは思いますが、ないですよね」

「いや、さすがにないでしょ」

「ですよね。さすがに」

バッターボックスに入り、井出が構える。またもみちおは球種を見せてくる。ストレートで勝負だ。

高く足を上げ、みちおは思い切り投げた。

「あ……」

すっぽ抜け、思い描いた軌道とは真逆の方向、井出の体へとボールは向かう。打ちにいっていた井出は避けられない。

「痛っ」

ボールが当たった腰に手をやり、井出はバットを放り投げた。

「わざとですよね」

城島もベンチから飛び出してくる。

「わざとだろ!」

「いやいや、ここでぶつけたらダメだと思ったら緊張して、手もとが狂いました」

マウンドに向かおうとする城島たち地検チームを地裁チームが懸命に止める。ふたたび乱闘寸前の状態になっているのを見て、坂間がみちおをうながす。

「早く謝ってください」

「あなた、法廷で言いましたよね。間違えたときこそ大事だって」

「いや、だってわざとじゃないから。謝ったら故意にぶつけたことになるでしょ」

「結局、謝りたくないんですね」

輪から抜け出した城島が、「絶対わざとだ」とみちおに迫る。

「いいから、早く謝って」

みちおは坂間を盾(たて)にすると、外野に向かって駆け出した。

「……逃げた」

あ然とする坂間を追い越し、地検チームがみちおを追いかけていく。

「みちこ!」

みちおは助けを求めるが、みちこは動こうとしない。

「え……」

3

坂間が出勤すると、じっとパソコンモニターを眺めていた駒沢がボソッとつぶやいた。

「売れない……」

「はい？」

「売れないんです」と見せられた画面に映し出されていたのはオークションサイトだった。駒沢の自費出版の本が最低落札価格二千円で出品されている。入札者は0名だ。

パソコンのかたわらに放置されたスマホにはゲーム画面が表示されている。坂間の視線に気づき、駒沢は慌(あわ)ててスマホを手に取った。

「そんなにスマホゲームで課金したいですか」

「刑事裁判官ひと筋三十年以上です。私のこの経験が後進の役に立てればとそれだけなんです。坂間さん」と駒沢は例の薄い本を差し出した。

「お金取るんですよね」

「刑事裁判官として、必ず役に立ちます」

「実は、私のキャリアプランについてお話ししたいことが――」

「千鶴さん！」と話をさえぎるように石倉が声をかけてきた。「書記官仲間に聞いたんですけど、民事部に誘われてるって本当ですか」

「ええ」と坂間はうなずく。「今すぐにでも来てほしいと」

「でも千鶴さんが将来目指すのは当然――」

「当然、民事裁判官です」

「ええっ!?」

青天の霹靂に石倉は慌てた。「いや、絶対刑事裁判官のほうがいいですよ。僕が……」

「刑事裁判官が相手にするのは犯罪者だけです。民事のほうは複雑、高度化した社会を反映して、取り扱う事件も多種多様です。裁判官としてより高いスキルを求められます」

話を聞いていた川添が、「裁判官の世界じゃ民事のほうが断然エリート扱いだから」と言いながら、駒沢に新たに検察から上がってきた起訴状を渡す。それを受けとり、代わりにとばかりに駒沢は薄い本を差し出した。「川添さん、買いませんか?」

「なぜ、私に……?」と川添はスルーして、去っていく。

起訴状を見ながら、駒沢がつぶやく。「値段を下げるべきか……」

「刑事裁判官って変わり者が多いって言いますよね」

「うちのイチケイはさらに輪をかけてね」

糸子と浜谷がそんな話をしていると、噂をすればとでもいうようにみちおが現れた。

「ねね、この問題、答えられるかな？　どうしたらなれるか、アインシュタインに」

「は？」と皆はキョトンとする。

「甥っ子に聞かれてさ」

すぐさま反応したのは、坂間だ。

「『特殊相対性理論および一般相対性理論』『宇宙論』『ブラウン運動の起源を説明する揺動散逸定理』『零点エネルギー』など、二十世紀最高の物理学者とも評される偉大な発明者にどうしたらなれるか――愚問ですね」

「え……」

「近づくことはできると思うんだよね。ヒントはね、僕たち裁判官にも大事なこと」

「答えわかったら、これあげる」とみちおはお菓子の袋をかかげた。「ふるさと納税でもらったとっても甘いサーターアンダギー。部長ならわかるんじゃ」

駒沢へと目をやり、「ん？」とみちおがいぶかしげに近づいていく。

起訴状を手にしたまま駒沢が固まっているのだ。

「あれ？　あれ？　部長？」

我に返った駒沢が言った。

「……合議制で扱いたい案件があります」

会議室に集まった一同が駒沢の話を聞いている。

「案件は重過失致死および死体損壊の事件です。被告人はガラス工房で働く藤代省吾。四十四歳。被害者は市役所の職員、野上哲司。四十五歳」

起訴状に目を通し、坂間が言った。

「被告人は口論から被害者を死なせてしまった。そして遺体を燃やしたと」

「うわっ、凶悪犯」と思わず糸子が声を漏らす。

「この案件の裁判長は入間君にお願いしたいんです」

「また入間さんですか」と坂間が不満げな視線を駒沢に向ける。「後進を育てるなら私も合議制で裁判長を務めて、早く刑事から民事に――」

「そんなに焦らなくても」と石倉が反射的に口にする。

「はい？」

みちおはじっと駒沢を見つめ、「なんかニコニコが足りないなぁ」と首をひねる。

「いつもの感じでしょ」と川添。

「いや、タヌキ親父感がない。なにかあるんですね、この案件」

「公判前にみなさんが先入観を持ってはいけませんので、それぐらいで」とかわし、駒沢は下に降りていってしまった。

「部長のニコニコ、なんで足りないんですかね」

石倉の問いにみちおが返す。

「一番キツいことかもしれないな、刑事裁判官にとって」

「一番キツいこと……？」と坂間はみちおをうかがう。

しかし、みちおはそれ以上なにも言わなかった。

＊

第一回公判——。

入廷し、右陪席(ばいせき)に着いた駒沢を見て、被告人席の藤代省吾は顔色を変えた。坂間はそれを見逃さなかった。

被告人が部長を見て、驚いている。まさか面識が……。

懸念(けねん)を抱きながら、坂間は検察の井出の冒頭陳述(ちんじゅつ)に耳を傾ける。

「被告人・藤代省吾、四十四歳はアジュールガラス工房に勤務し、通常の製品作りに加え、ガラス工芸を教えていました。被害者の娘がそこに通い、被告人は被害者の妻、笹原署の警察官、野上奈緒に一方的に好意を抱き、差出人不明で監視や人格非難にあたる内容の手紙を何度も送りつけた。それが被告人の藤代省吾だと気づいた被害者・野上哲司は、事件当日に工房で会い、口論からつかみ合いになった。被告人は工房にあった自転車に乗り、逃げようとした。それを被害者が止めようとして衝突。被害者はそのまま倒れ、機械の角で頭部を強く打ち、死亡した。被告人は犯行が露見するのを恐れ、工房の焼却炉で遺体を燃やした」

こうやって事件の概要だけを聞くと、あまりにも身勝手な犯行だ。

坂間はチラっと傍聴席に目をやる。憔悴した表情の奈緒がうなだれている。

勝手に横恋慕され、夫を殺された彼女は、被告人にどんな思いを抱いているのだろう。

「裁判所からもよろしいでしょうか」と駒沢が口を開いた。「審理にあたり、共有しておきたいことがあります。被告人の過去に関することです」

弁護人の杉原卓也が駒沢に尋ねる。「前科のことをおっしゃっていますか」

「はい」とうなずき、駒沢が続ける。「私から説明してもよろしいでしょうか」

「詳しく把握しているんですね」とみちおが確認する。

うなずき、駒沢は言った。「十八年前、裁判長として私が被告人を裁きましたから」

駒沢の発言に法廷がざわめく。

かつて裁いた被告人がふたたび罪を犯した――。

「一番キツいことかもしれないな。刑事裁判官にとって」

坂間の脳裏にみちおの言葉がよみがえる。

駒沢は落ち着いた声音(こわね)で語りはじめた。

「十八年前、当時バーテンダーだった被告人は常連客のひとりが振り込め詐欺グループのリーダーだと知った。そこで彼らから金銭を強奪しようとした。犯罪者から盗めば相手は警察に届けることができない。そして大金を使い果たしたら、命を絶つつもりだった……そうでしたね」と駒沢が声をかけるが、藤代は反応しない。

みちおが駒沢に尋ねた。「なぜ、命を絶とうと?」

「被告人は重い心臓疾患(しっかん)を抱えていて、自暴自棄(じき)になっていたんです。しかし犯行に及んだものの、強奪の際に、相手に見つかってしまった。ナイフを持った相手に刺されそうになり、揉(も)み合い、気づいたときには相手の胸にナイフが刺さり、死んでいた。逃亡を図ったものの、自首しました。生きて罪を償(つぐな)うために」

「……」

「検察の求刑は『強盗致死で無期懲役(ちょうえき)』――しかし、私は相手の過剰防衛を認め、さらに被告人が自首をしたので情状酌量し、懲役四年の減刑判決を下しました」

坂間は驚いて、駒沢に目をやる。

部長が被告人の罪を軽くした。そして出所後、重罪を犯した。

「被告人に質問します。過失で殺してしまったなら、かつてのようになぜ自首をしなかったんですか。罪が重くなることがわかっていて、なぜ遺体を燃やしたんですか」

しかし、藤代は答えない。

「駒沢裁判官」と城島が割って入った。「被告人は起訴事実を認めています。弁護人も異論はない。これは否認事件ではなく――」

「被告人に聞いています」と強い口調で駒沢がさえぎる。「黙っていてください」

部長が暴走している……。

救いを求めるように坂間がみちおをうかがう。しかし、みちおは動かない。

止めないのか、入間みちお――。

「被告人、答えてください」

藤代の口がゆっくりと開かれた。

「私は野上奈緒さんを愛していた。旦那が邪魔だった……」

「あなたは病気とも向き合い、社会復帰してガラス工芸職人になった。やっと手に入れたものを棒に振ってしまう。なにか理由でもあるんですか」

「元犯罪者として生きることがどれだけ困難をともなうか。社会の片隅で後ろ指さされずに生きている体にしかすぎません。人生はやり直せない。一度でも罪を犯せば——それが現実です」

言葉の裏を読み解くように、駒沢は藤代をじっと見つめる。


「かつて裁いた被告人？」と浜谷が小声で石倉に尋ね返す。

「ええ。部長が減刑判決を」

横で聞いていた糸子が思わず大きな声を上げた。「それって、罪を軽くして、結果的に部長が凶悪犯を野に放ったってことですか」

「ズバッとはっきり言わないの！」とすぐに川添がたしなめる。

そのとき、駒沢が刑事部に戻ってきた。バツ悪そうに一同はそれぞれのデスクに戻る。

自席に着いた駒沢は、古い手紙を取り出し、眺める。出所後、藤代から送られたものだ。感謝の言葉やガラス工芸への熱い思いが綴られている。

駒沢は、「生きて罪を償い、人生をやり直したいんです」と自分に向かって言った十八年前の藤代の姿を思い出す。

彼は本気で生き直そうとしていた……。

「部長」と坂間がやってきた。「検察官に聞きました。被害者の娘、野上碧（みどり）ちゃんにとっては、やっとできたお父さんだったそうです。野上奈緒さんは、若い頃未婚で碧ちゃんを産んだ。ずっと寂（さび）しい思いをさせてきた。でも三年前、野上哲司さんと知り合い、碧ちゃんも賛成して、結婚した。知っていたそうですよ、野上奈緒さん、被告人の前科のこと。ただ警察官として差別をしてはいけないと思い、普通に接した。それなのに被告人は」

言葉の端々に憤りをにじませる坂間をさえぎり、駒沢が言った。

「提出された証拠を徹底的に精査してください。事件になにかおかしな点がないか」

「部長。裁判官はいかなる理由があろうと、被告人に肩入れするべきでは――」

「異議は却下（きゃっか）します」

「なんで却下なんですか！　そもそも裁判の原則として――」

「被告人の前科は考慮しないでしょ。原則はときに破ることも大事だと思いますが」

「は？」

坂間が駒沢に不満顔を向けたとき、みちおがやってきた。

「証拠資料、もう紙に穴があくほど見直しましたよ。どこかにおかしな点があるかもしれないって」

「入間さんまで、なに疑ってかかってるんですか！」

「でも、引っかかる点を見つけたよ」

「え……」

みちおは証拠書類を駒沢のデスクに置き、言った。

「水たまり」

「水たまり？」

＊

第二回公判——。

モニターに映し出された画像を示しながら、みちおが藤代に尋ねる。

「被告人は事件に関係する場所に捜査員と出向き、実況見分を行いましたね」

「はい」

「そのときの写真が二枚あります。同じように工房を写しているのに、被害者の車の駐車場を示した写真には数か所水たまりがありますね」

井出と城島が比較するように並べられた二つの写真を見比べる。たしかにいっぽうの写真には水たまりが写っている。

「つまり。実況見分を二度に分けて行なった」

「……はい」

「なぜですか」

「犯行時刻を私がはっきり覚えていなかったためです」

「詳しく教えていただけますか」

「二十二時頃だと思っていたんですが、それだと被害者の行動に矛盾がある。実際は二十四時以降だったんじゃないかと言われて――」

「待ってください」と駒沢が口をはさんだ。「捜査員に言われて思い出したんですか」

「事件の日の記憶は今でも抜け落ちています」

「裁判長。被告人が犯行時刻を正確に覚えていないのは珍しいことではありません」

と城島が助け船を出す。

たしかに……と坂間もうなずいた。ほかの証拠からしても問題はない。

しかし、駒沢はきっぱりと言った。

「これは問題ですね。犯行を客観的に再現したのが実況見分のはずです。警察官から言われたことで犯行時刻は二十四時以降だとされた。警察の主観が入っています」

「警察が誘導したとでも言うんですか」と城島が憮然とする。

「なぜ被害者の行動に矛盾が生じたか、検察官も弁護人も把握してませんね」

また暴走しはじめている。早く部長を止めないと――と坂間がみちおをうかがう。

「うーん、どうでしょう。三度目の実況見分をやってみるのは。検証の検証です」

やっぱり止めないのか、入間みちお。

「検証の検証って」とみちおの提案に井出があきれる。

あきらめ、坂間が口を出した。

「弁護人、検察官のご意見は？」

杉原は思案し、言った。「必要ないと考えます」

「検察も同意見！……です」と城島が強い口調で同意を示す。

安堵し、坂間はみちおに言った。

「裁判長、慎重なご判断を」

しかし、みちおは駒沢とアイコンタクトをとるや、立ち上がった。

「職権を発動します。裁判所主導であらためて捜査します」

検察、弁護人、そして坂間がガクッとなる。

いっぽう石倉は、「みちおさん、最高」と笑顔。傍聴席の「みちおを見守る会」の面々は嬉々としてスケッチブックにペンを走らせる。今日傍聴しているのは、ハンドルネーム「鬼ちゃん」と「斧ちゃん」のふたりだ。

『みちおは期待を裏切らない！』『今回は部長も入間ってる！』

公判を終えた一同が合議室へと向かっている。廊下で掃除をしている作業着姿の女性たちを目に留め、坂間が声をかけた。

「若葉クリーニングのみなさん、いつもきれいにしてくださり、ありがとうございます」

「あ、いえ……」

「おうかがいします。きれいに掃除してくださった箇所を、あなたの前で掃除し直す人間がいたらどうでしょうか」

戸惑う清掃員たちに向かって坂間は続ける。

「一、ちゃんと掃除をしていないと疑われて不信感が募る。二、掃除をしたのは無駄だったとやる気を失う。三、もうこんな場所掃除したくない、担当を外してほしいと願い出る――そうなりませんか」

「え、ええ」

「ありがとうございます」と礼を言い、坂間はみちおに詰め寄った。

「入間さん。あなたは今、私が述べたような行為を警察に対して行なってるんです！」

「たとえ話からのダメ出し」

「説得力ある」

石倉と井出は感心するが、みちおにはまるで響かない。

「でもさ、何度も掃除すればよりきれいになるじゃない」

「なるほど」とみちおにも石倉は感心する。

「なるほどじゃない！　あなたは裁判長。部長の暴走を止めるべきでしょ。部長も自分が暴走しているの自覚してないんですか⁉」

返す刀で坂間は駒沢にも食ってかかる。しかし、駒沢にも響かなかった。

「暴走してますか？」

あっけらかんと返され、坂間はあ然としてしまう。

合議室に入りながらみちおが坂間の心を読む。

「疑問を疑問で返すな、タヌキ親父……って今、思った？」

「はい、タヌキ親父だと思いました！　部長は明らかに中立の立場から逸脱していますす」

席に着き、駒沢が返す。

「過去があるから今がある。過去の被告人の犯罪を誰よりも知っているから、気になることをクリアにしたいだけです」

「どうだかな」と城島が疑わしげなまなざしを駒沢に送る。「司法修習の同期のよしみであえて言ってやる。認めたくないんだろ。自分がかつて罪を軽くした被告人が重罪を犯した。なにか裏があるんじゃないかと思いたがっている」

「……」

「私も駒沢裁判官の個人的感情で動くべきではないと考えます」と井出も反対意見を示す。「警察、検察、裁判所は信頼関係が必要です。それを疑ってかかっている」

反駒沢でまとまりつつある一同に、みちおが言った。

「疑うことは信じることだと思うけどなぁ」

「は？」

「とにかくさ、部長は全部わかってるよ。今、みなさんが言った反論が正しいことを。でも、それをわかった上で気になると言ってるんだよ。それでも気にしなくて本当にいいの？」

たしかにみちおの言うことにも一理ある。駒沢は検察の主張を覆し、三十件もの無罪判決を下してきた裁判官だ。その駒沢が気になると言うのだから、事件の裏に検察の筋書きとは違うなにかが隠されている可能性を頭から否定すべきではないのかもしれない。

「あ、その顔。少し気になってきたね」とみちおが坂間に言った。

「ほら、言い返してこないもん」

「！……」

「は？」

「私のわがまま、今回だけ付き合ってもらえませんかね」

そう言って、駒沢は一同に頭を下げた。

「なにが今回だけだよ」と苦笑する城島に、駒沢が笑みを返す。

「おお、部長のニコニコ戻ってきた」とみちおは声を弾ませる。「いい。いいですよ」

「手分けしてやりましょう、ね」と駒沢はみんなを見回した。「私は警察の聞き込みについて調べてみます」

「じゃあ、僕は実況見分の検証を行います」とさっそくみちおはスマホを手に取り、笹原署に連絡を入れる。

「結局、いつもこうなる」

ため息をついて立ち上がる坂間。

「千鶴さん、早くイチケイを離れて民事部に行きたいって思ってます？」

坂間が黙っていると石倉はさらに続ける。「民事部、書記官としてもやりがいがあるような気がしてきました」

「そう思うなら、検討してみてはいかがですか」

「！」

合議室を出ていく坂間を見送りながら、石倉は舞い上がる気持ちを抑え切れない。

「もしかして誘われてる……」


翌日。みちお、坂間、石倉、井出は実況見分の検証のために現場に赴いた。所轄署の笹原署刑事課の岡崎恵一が案内役を引き受けてくれた。

「事件当日、二十時頃、被害者の野上哲司から電話があり、工房で会うことになりました」

ガラス工房へと向かう道を歩きながら、岡崎が説明を続ける。

「そして二十二時頃、工房で口論になり、犯行に及んだと藤代は自供しました」

「しかし、被害者の行動に矛盾が生じたと」

「ええ」と岡崎がみちおにうなずく。「通常工房に行くためにはこの道を通らなければいけないんですが、その日は十九時から工事をしていて、通過できるようになったのは二十四時頃だったんです。二十二時に被害者がこの道を通って工房に行くことは不可能です」

しばらく通りを歩いていくと、やがてガラス工房が見えてきた。実況見分の資料と見比べ、井出が工房の少し前の駐車スペースで足を止める。

「ここに被害者の車が停められていた」

「車で工房に来たのは間違いない。つまり、先ほどの道を二十四時以降に通過するしかなかった」と石倉が警察の見解を口にする。

「それを被告人に伝えたら、記憶違いを認めたんですね」

坂間が確認すると、「はい」と岡崎はうなずいた。

そこに警察に聞き込みに行っていた駒沢、川添、城島、杉原がやってきた。

「そちらはどうでした?」と石倉が振ると、川添は岡崎に顔を向けた。

「警察は、工房の発熱用のファンが事件当日の二十二時頃、使われていたという目撃証言をつかんでいたそうですね」

「……一度はその線で裏取りしていたので」と申し訳なさそうに岡崎が答える。

また辻褄(つじつま)が合わなくなる。二十二時頃に焼却炉で遺体を処理したのなら、当然犯行はそれ以前だ。しかし、その時間には被害者は工房にたどり着けない。

「実際の犯行時刻が二十四時過ぎだとして、その裏取りは？　被害者の足取りはどうなっているんですか」

至極当然のみちおの疑問に、しかし岡崎は答えられない。

「現状、被告人の自供と状況証拠のみですよね」と代わりに駒沢が答えた。

「ちょっと待て。これじゃ粗探しじゃないか、警察の捜査の」

城島がフォローに回るが、駒沢は厳しい口調で岡崎に告げた。

「粗がなくならないかぎり判決は下せない。次回公判までに証拠を提出してください」

「……上司に伝えます」

そのとき、工房のなかから「ガシャン！」と何かが割れる音が聞こえた。何事かと皆がシャッターの下から工房を覗き見ると、中学生くらいの少女が佇んでいる。

「野上碧ちゃん。被害者の娘さんです」と岡崎が皆に伝える。

碧は棚に飾ってあるガラス細工を手に取ると、それをコンクリートの床に叩きつけた。

「ガシャン！」とふたたび激しい音が工房に響きわたる。

言葉にならない叫びを上げながら、碧は次から次へとガラス細工を割っていく。

「碧ちゃん、落ち着いて！」

岡崎が工房に飛び込み、体ごと碧を受け止めた。

岡崎が署に連絡し、すぐに奈緒が引きとりにきた。すでに興奮から醒め、碧は工房の隅でおとなしく座っている。

「ご迷惑をおかけして本当にすみませんでした」と奈緒が一同に頭を下げる。

駒沢が柔和な笑みを浮かべ、言った。

「工房に通っていた人から話を聞きました。娘さん、熱心にガラス工芸を学んでいたと。将来は自分も職人になりたいと言っていたとか」

「ええ……」

「娘さんが教室に通い出したきっかけはなんだったんですか?」

「……地元のお祭りです」

二年前、縁日の露店に並べられた藤代の作品に碧が魅せられ、「これ、どうやって作るんですか」と話しかけたのがきっかけだった。

「事件の背景を調べ直しています。娘さんからも話を聞かせてもらっていいですか」

みちおの申し出を、奈緒はきっぱり断った。

「娘は信頼していたんです、藤代さんのことを。その相手が父親を殺した……」

心に大きな傷を負ったことは想像に難くない。先ほどの行動も、消化し切れない怒りを藤代の作品にぶつけていたのかもしれない。

「……娘さん、学校は？」と坂間が尋ねた。

「事件以来、行けていないんです。気持ちを察してください」と奈緒は頭を下げた。「尋問なら私が応対しますから」

工房の隅にぼんやりと座っている碧に目をやり、彼女に話を聞くのは酷かもしれないと坂間は思ってしまう。

＊

第三回公判――。

証言台に立った藤代が碧について問われ、話しはじめる。

「たしかに野上碧ちゃんは熱心にガラス工芸に取り組んでくれました。職人になりたいと言われたときはうれしかった。夢を見たんです。家族になれるんじゃないかと――」

分厚い雲の切れ間から光が射すように、藤代の表情が明るくなる。しかし、すぐに現実を思い出したのか、ふたたび暗い影に覆われてしまう。

「警告した通り、旦那と別れればよかったんだ」

どんな気持ちでこの言葉を聞いているのかと坂間は傍聴席の奈緒をうかがう。懸命に感情を押し殺しているようで、その針がどこに振れようとしているのかはわからなかった。

「事件当日、二十二時頃工房の焼却炉を使いましたか」

みちおの問いに、「はい」と藤代はうなずいた。「ガラス工芸の作業で」

そう答えれば辻褄は合う。でも、それを裏づける証拠はない。

「検察官」と駒沢が矛先を変えた。「警察に依頼した被害者の足取りの証拠はどうなっていますか」

「それが……不見当だと」

井出の答えを確認するように駒沢がくり返した。

「不見当、ですか」

「マズい」と川添がつぶやく。

「え……」と石倉は駒沢を見た。

その顔からいつもの穏やかな笑みが消えている。

刑事部に戻るやカバンを取り、駒沢はすぐに出ていこうとする。

「笹原署に出かけてきます」

おそるおそる川添が尋ねる。「部長、なにしに……？」

「抗議です」

「えっ!?」と川添、坂間、石倉が同時に声を上げる。

が、止める間もなく駒沢は出ていってしまった。

「坂間さん、行くよ」と声をかけ、みちおはあとを追う。が、すぐに戻ってきた。

「そこにある本、取って」とデスクの上を指さす。初心者向けの刑事訴訟法ガイドだ。

「は？」と少しムッとしながら、坂間はみちおと一緒に刑事部を出た。

笹原署の会議室で駒沢、みちお、坂間が待っていると、署長の迫田淳史（さこたあつし）と刑事部長の堀口義則（ほりぐちよしのり）が入ってきた。

「迫田署長に堀口刑事部長です」と岡崎が紹介する。

向かい合うように座り、迫田は尋ねた。

「裁判所の方がいったい、なんの用ですか。藤田の事件になにか問題でも？」

「署長、藤代です」と堀口が間違いを訂正する。

「お名前、覚えてないんですか」とみちおはあきれた。

特に気にした様子もなく迫田は返す。「事件は一つじゃないですから」

「被害者の足取りの証拠を開示してください」と駒沢が迫る。

堀口は困惑顔を迫田に向けた。「署長、うちは不見当だとお伝えしたんですが」

「なにか開示できない理由でも？」

駒沢の追及を迫田は鼻で笑った。

「警察、検察はすべての証拠を出す必要はない。それぞれの戦略がある。常識でしょう」

「ええ。常識ですね」

「おわかりなら――」

迫田の言葉をさえぎり、駒沢は言った。

「裁判所は警察や検察がどんな証拠を持っているのかわからない。具体的に指定して、こっちから出しなさいと言うしかない。それでも、あなた方は『不見当』だと言う」

席を立つと、駒沢はホワイトボードに『不検討』と書き、その上に×をしてから、『不見当』と書き直す。

「不検討じゃない。見当たらないと書いて『不見当』。――これ、刑事裁判官を三十年以上続けていて、一番腹が立つことなんですよ」

ヒートアップしはじめた駒沢に、「部長、落ち着いてください」と坂間が立ち上がる。

すかさず、みちおが言った。

「坂間さん、落ち着いて。座って」

「止めるのは私じゃないでしょ！」

ドタバタなふたりのやりとりなど気にせず、駒沢が続ける。

「ずいぶんと便利な言葉です。ないと言ってあとから出てきたら嘘をついていたことになる。あるのに見せたくないから不見当か、本当に見当たらないのか」

「疑ってかかって、どういうつもりだ！」と迫田は声を荒(あら)らげた。

「刑事裁判において、我々は二重の不正義をしてはいけない。決して冤罪(えんざい)を生み出してはいけない。そして真犯人を逃がしてはいけない。これは警察、検察、裁判所、同じ使命のはず。それぞれの戦略？　駆け引きなんて、クソくらえですよ」

駒沢の啖呵(たんか)に坂間はあ然とする。その隣でみちおは笑っている。

「たしかにクソくらえだ」

迫田は怒りに任せ、席を立った。

「わかった！　そこまで言うなら徹底的に見当たらないか調べてみます」

出ていく迫田を、「署長！」と堀口が追いかける。

ひとり残された岡崎に、「これ、プレゼント」とみちおが本を差し出した。

「はい？」

「大切なところ、折ってあるんで」

翌日、笹原署から連絡が入った。

「やはり不見当だと」

糸子からの報告に、「まあ予想通りではありますが」と駒沢が少し残念そうに言った。

「でも、予想外のことも」と坂間が入口のほうを目で示す。

ペコリと頭を下げ、岡崎が入ってきた。

みちおが笑顔で迎え入れる。

浜谷と糸子を刑事部に残し、一同は合議室へと移動した。

テーブルに着く前に、岡崎がみちおに本を返す。折られていたページには、情報提供者の保護、匿名化(とくめい)について書かれていた。

「読ませていただき、お話しさせてもらう決心がつきました」

「どうして入間さん、これを」と坂間が尋ねる。

「だって、部長の抗議だよ。それはなにか事が動くでしょ。だったら最後のひと押しに必要かと思ってね」

「それ、予測してたと」

「あうんの呼吸ですね」

感心する川添と石倉に、みちおと駒沢が笑顔で応える。

そこに井出と城島、そして杉原が入ってきた。

「警察は不見当なんじゃないのか」と急な呼び出しに城島は文句タラタラだ。

「岡崎さんが匿名で話してくださるんです」と言い、駒沢は岡崎をうながした。

「実は……被告人の自供と状況証拠以外に犯行時刻を裏づける証拠はないんです。裏取りをやっていないんです」

いきなりの衝撃告白に一同は驚く。

「おやおや、それはどういうことですか」

「野上巡査部長の体に痣があったと、同僚の女性警察官からの証言がありました」

にわかに話がきな臭くなってきた。

「近所の人によると、旦那さんの怒鳴り声やモノが壊れる音がよく聞こえてきたと」

「え、もしかしてDV？」と石倉がつぶやく。

「待ってください」と坂間が戸惑いながら尋ねる。「もしそれが事実なら、彼女は警察官ですよね。なぜ、公にしなかったんですか」

「警察官だからだろうね」とみちおが答える。

「え……」

「DVの現実を知っている」

「ええ」と岡崎がうなずいた。「警察に訴え、さらにひどいことになった事件があることを。自暴自棄になった相手が復讐を考え、DV被害者だけじゃなく、周りの人間にまで危害を加えるケースです」

「野上奈緒さんには、夫と血のつながっていない娘さんがいる。もし娘さんになにかあったらと、言えなかったのかもしれないね」とみちお。

「つまり、被害者の妻には被害者を恨む動機があったと」

事件の構図がガラリと変わってしまい、井出は頭を抱える。

「なんで補充捜査せず検察に上げてくるんだよ!」

もっともな怒りを城島が岡崎にぶつける。

「刑事部長の判断です。万が一、部下である現職の警察官が犯行に関与していたら、大きな失点。今の署長はキャリアの方です。もうすぐ本庁に戻る。刑事部長はそのとき一緒に引っ張ってもらえるそうです」

「だから、上に忖度(そんたく)して、補充捜査しなかった」

さもありなんとあきらめ顔の川添とは対照的に、駒沢は怒りをはっきりと口にした。

「法をなめるな」

普段は温厚な駒沢の激しい言葉に、一同は怒りの強さを感じてしまう。

「部長の今の言葉、刑事部長に伝えておいてくださいね」

「え……」

「伝えたら、匿名になりませんよね」と坂間がみちおにツッコむ。

「とにかく、このままでは判決を下せない。罪に正しい罰を下す――それが我々の使命です」

そう言って、駒沢は城島と井出に視線を向けた。

「そこで、捜査のプロのお出ましですね」

「おいお前、俺たちを使おうってのか……？」

「同期のよしみ」

「は？」

「もし公訴事実に誤りがあったとしたら、起訴のやり直し、必要ですよね」

城島は、「タヌキ親父が」と毒づき、「事件そのものを調べ直してみる」と井出と一緒に合議室を出ていった。

＊

「今頃、絞られてるだろうな、部長」

田舎道を走るバスのなかで石倉がボソッと言った。

「部長を差し出して所在尋問って……」と坂間が後部座席に非難の目を向けるが、みちおはまるで気にしない。

「怒られるのをかわすの、うまいからね」

その頃、駒沢は支部長や民事部の部長ら上層部に呼び出されていた。

「入間裁判官はなぜいないんですか?」

民事部部長に問われ、「佐賀に」と駒沢が答える。「藤代省吾のかつての保護司に所在尋問を行うためです。現在は引退して、佐賀に住んでいるんです」

「遠方まで話を聞きに行く必要があるんですか」

「出所した被告人が心を許し、私たちの知らないなにかを知っているかもしれませんから」

「警察からの抗議といい、イチケイは問題がありすぎる。これは駒沢部長、あなたの責任問題だ」

「どんな処分でも甘んじてお受けします」と駒沢は殊勝な顔をしてみせる。「あ、でも、私の上司である支部長の監督責任も問われるかもしれませんね」

流れ弾が飛んできて、「え、私？」と支部長がギョッとなる。

「支部長まで巻き込んでしまい、本当に申し訳ございません。今回ばかりは深く反省しております」と駒沢は頭を下げる。

問題を大きくするとこちらにまで火の粉が飛んできそうだと、支部長ら上層部は及び腰になっていく。

「部長と入間さん、お互いにずいぶんと信頼関係があるんですね」

「ある意味、師弟なので」と田舎道を歩きながら石倉が坂間に答える。

「師弟？」

「みちおさんが弁護士を辞めるって決めたとき、部長が会いに来てくれたそうです」

十一年前、駒沢から水上バスの船上でかけてもらった言葉をみちおは思い出す。

『あなたには裁判官になってほしい。そしていつの日か、あなた自身の手で裁くんです。この国の司法を』――。

「……部長に出会ってなかったら、僕は裁判官にはなっていないよ」

「……」

藤代の元保護司の津田文弘は、遠路はるばる訪れた三人を自宅へと招き入れた。長く東京で教師をしていたが、定年後は故郷の佐賀に帰って隠居生活を送っているという。

縁側に腰かけ、「藤代君のことはニュースで知って、心配しとった」と言う津田に、「あなたが知る藤代省吾について話していただけますか」とみちおが水を向ける。

「私なんかより、彼の更生ば支えとった人がおるとですよ。知っとるとですかね？　十八年前、彼が犯罪に手を染め、逃亡ば図って、死のうとした。そんとき、必死に止めた女性がおることば」

「！……」

「彼女ん説得で、生きて罪ば償うことを決めんさった。出所した頃には、彼女んためにも人生ばやり直そうとしんさったね」

「誰かご存じですか、そん女性」と坂間が長崎弁で尋ねる。

「教えてくれんやった。ばってん、藤代君は言いよったよ。誰と出会うかで人生は変わる。生きてみないとそれは誰にもわからない――。その彼女との出会いは、彼にとって特別やったんやと思うとります」

駒沢との出会いで失いかけた法への思いを取り戻したみちおにとっては、それはとても心に響く言葉だった。

夜遅く、みちお、坂間、石倉の三人が刑事部に戻ると駒沢が待っていた。

「お帰りなさい」

「上から絞られました?」とみちおが尋ねる。

「ええ、みっちりと」と佐賀土産のイカしゅうまいを受け取りながら駒沢が微笑む。「そちらはどうでしたか?」

大きな収穫があった。津田の話で当たりをつけた三人は、佐賀から戻るや、すぐに裏取り調査に駆け回ったのだ。

「かつて藤代省吾が服役していた際、何度も面会に訪れていた女性がいました」と坂間がその成果を駒沢に報告する。

「野上奈緒です」

「!……」

「つまり、刑務所に入る前に面識があったということになります。藤代省吾が事件を起こした管轄は、新人警察官として野上奈緒が配属されていた場所でした」と石倉。あとを引きとり、みちおが続ける。

「自首する前に、逃亡した藤代省吾はビルの屋上から飛び降りて、死のうとした。それを止めたのが野上奈緒でしょう」

「ふたりには隠された強いつながりがあった……」と坂間がつぶやく。

「なぜ、それを隠そうとしたのか――そうせざるを得ないなにかがあった」

みちおは静かにふたりに向けて言った。

「真実は残酷なものかもしれませんね」

＊

第四回公判――。

証人として証言台に立った奈緒は、井出からの質問に毅然と答えた。

「十八年前、警察官として藤代さんと知り合い、交流があったのは事実です」

「なぜ、あなたはそのことを黙っていたんですか」

「娘のためです」

「……」

「かつて藤代さんが死のうとしたのを私が止めた。そして更生を見守ってきた。それなのに、その相手が夫の命を奪った。娘が知ったらさらにショックを受けるからです」

証言のその裏側に、どんな真実が隠れているのか……。

みちお、坂間、駒沢がそれを見定めるべく、じっと奈緒を見つめる。

「ほかに話しておきたいことはありますか」

「ありません」

続いて藤代が証言台に立った。奈緒は傍聴席に残っている。

「誠に遺憾(いかん)ながら警察の証拠物に不備があり、公訴事実に誤りがある可能性が出てきました。そこで検察はあらためて捜査をしました」

城島にうながされ、井出が立ち上がる。「ここに甲五十五号証を提出します。事件当日十八時頃、被害者・野上哲司の車をとらえた交通カメラの映像です」

モニターに映し出された映像を見て、藤代と奈緒は言葉を失った。野上の車を運転する藤代の姿がはっきりと映っていたのだ。

井出は藤代の動揺を確認し、ゆっくりと尋ねた。

「あなたは被害者の車を使い、工房へ向かった。なぜですか」

答えられない藤代に、井出が畳みかけていく。

「そして事件翌日、あなたはネットカフェから偽造文書を扱うサイトに依頼し、即日で受けとっていますね」

「！……」

「それは医師の診断書です。重い心臓病が悪化したと虚偽の文面を作成した」

奈緒は愕然と藤代を見つめる。

「なぜ、そんな偽造診断書を用意したんですか」

途方に暮れたように佇む藤代を見つめる奈緒の目から涙があふれ頬をつたっていく。

すっくと立ち上がり、奈緒は言った。

「裁判長、真実を」

法廷のすべての目が奈緒に集まる。

「私が殺しました！　夫の暴力に苦しんでいました。それを藤代さんは、病気が悪化して自分はもう長くない。だから身代わりにって——」

「違う」と藤代がさえぎる。「嘘です！」

自分の犯行だと譲らないふたりに、城島が言った。

「おふたりは互いにひとりの人間を守ろうとしているのではないですか」

「！」

予想を超える展開に、法廷は静まり返る。皆が固唾をのんで藤代と奈緒を見守るなか、みちおがその沈黙を破った。

「裁判所からよろしいでしょうか」

そう言って、みちおは法壇を降りていく。

「被告人はかつて罪を犯した。罪を償う時間があったことをどう考えますか。それがなかったら、今のあなたはありますか」

目の前でみちおに問われ、藤代はハッとする。

みちおは奈緒へと視線を移した。

「更生を間近で見ていた野上奈緒さん。あなたもわかっているはずです」

「……」

「起きてしまったことは変えられない。でも、これからのことは変えられる——その分岐点がこの法廷です。十八年前、駒沢裁判官はそういう思いで、犯した罪に正しい罰を下した——」

藤代が救いを求めるように駒沢を見つめる。

駒沢が藤代に言った。

「いかなる理由であれ、罪を償うチャンスを奪ってはいけない」

「……」

「真実を話してください」

藤代は覚悟を決めた。

「……守ろうとしたんです、碧ちゃんは」


藤代と出会って、ガラス工芸教室に通うようになってから、碧は義理の父親である野上哲司への嫌悪感をさらに大きくした。それが野上には気に入らなかったのだろう。奈緒への暴力はエスカレートし、碧はそれに真っ向から抗議した。

「あなたを父親なんて認めない。お母さんに暴力振るって――」

「俺がお母さんや君のこと、どれだけ考えているか、わかってないのか!!」

叫びながら碧を張り倒すと、野上は携帯を手にした。

「あいつの育て方がなってないんだ。今すぐ徹底的に教育してやるよ、お母さんを」

狂気じみたその目に、碧は本気で恐怖した。

お母さんが殺される。

碧は無我夢中で手に触れた花瓶を握り、それを野上に向かって振り下ろした。

我に返ると、野上が床に倒れていた。頭から血を流し、ピクリとも動かない。

その光景をぼう然と見ていると、テーブルの上でスマホが鳴った。画面に表示されている「藤代省吾」の文字を見て、碧は震える指で通話ボタンに触れた。

「碧ちゃん、今日教室は？　休み？」

聞こえてくる藤代の声に、すがるように碧は言った。

「……助けて」

「え……」

「藤代さん、助けて……」

藤代の証言を補足するべく、みちおは捜査に基づく推論を語っていく。

「野上碧さんを守るためには、犯行現場をどうしてもすり替える必要があった。被告人は被害者の車を使い、遺体を工房に運んだ。そして二十時に被害者の携帯から自分の携帯に着信履歴を残した。しかし素人が警察の目をごまかして、重過失致死に見せかけることは不可能です。考えられる可能性は一つしかない」

みちおの声を聞きながら、奈緒はあのときのことを思い出す。

連絡を受け、工房に駆けつけると、藤代が野上の遺体を見下ろしていた。

「あなたいったい、なにを考えてるの！」

「……君に出会わなければ、俺は死んでいた」

「罪をあなたがかぶるなんてダメよ」

「……もう長くない」

「え……」

藤代は自らの心臓に手を当て、言った。

「今までよく耐えてくれたよ」

奈緒は藤代をじっと見つめる。

「……嘘よ」

「医師の診断書を見せる」

ぼう然とする奈緒に藤代は言った。

「頼む。あの子に俺がしてやれる最初で最後のことなんだ」――。

みちおの声が奈緒を現実へと引き戻す。

「野上奈緒さんは少しでもあなたの罪が軽くなるよう、被害者が自転車で転んで頭を打って亡くなったように見せかけた」

うなだれるように、藤代がかすかにうなずいた。

「検察官、重過失致死については至急公訴取り消しの手続きをとってください」

「はい」と井出と城島が同時に返す。

「それでは、本法廷では死体遺棄事件に絞って審理を続けます」

＊

翌日。東京拘置所の接見室で駒沢が待っている。やがて、刑務官に連れられ、藤代が入ってきた。アクリル板越しにふたりは向かい合う。

しばしの沈黙のあと、藤代が言った。

「怖かった……」

「……」

「法廷で駒沢さんを見たとき……嘘が見破られるんじゃないかって」

「私も怖かったですよ」

「え……」

「かつての私の判決は本当に正しかったのかと」

「……最初から疑ってたんですか」

「いえ。ただ公判で、藤代君の主張には嘘のなかにも本音がこぼれ落ちていたように感じました。『野上奈緒さんのことを愛していた』『家族になる夢を見た』と」

「……」

「そして、あなたと野上奈緒さんの隠されたつながりを知った。警察官と元犯罪者がもし交際するとなったら、そこには厳しい現実があります。結婚となれば身辺調査が入る。碧ちゃんを守ろうとしたのは、あなたにとって特別な存在だからでしょう」

「……すべてお見通しなんですね」

十五年前、見晴らしのいい丘の上で、「結婚しよう」と奈緒が言ってくれた。あのときの、すべてを受け入れてくれる広い空のような笑顔を藤代は思い出す。


「……君の夢だったんだろ、警察官」

「辞めることになっても構わない」

「……ありがとう、奈緒」と藤代は奈緒のお腹に手を当てる。「それにこれから生まれてくる君、俺をパパにしてくれて、ありがとう」

藤代は奈緒に微笑み、言った。

「別れよう」

「え……」

懸命につくった笑顔は、気づくと涙で濡れていた――。

藤代の告白を聞き終え、駒沢は尋ねた。

「自分の前科のことで苦しませたくないと思って、別れたんですね。……野上奈緒さんはお祭りで偶然あなたと再会したと言った。でも違うんでしょ」

「……」

「父親を放棄した自分にできることはない。でも、せめて近くで娘さんの存在を感じていたかったんですよね」

駒沢の言う通りだ。

だから、自分が作ったガラス細工を碧が好きになってくれたときは、本当にうれしかった。この幸せのために、自分は生き永らえたのだと心から思った。

「私はあなたを疑った。でも疑ってよかった」

「……」

「信じることは、相手を知って初めてできること。あなたを疑い、あらためてどういう人間か知った。あなたなら、人生をやり直せる――私は信じています」

胸を詰まらせながら、藤代は駒沢に向かって頭を下げる。

自宅マンションから同僚刑事に連行されようとしている碧に、奈緒は告げた。

「藤代さんはね、実は……あなたの――」

「わかってた」

「え……」

「そうなんじゃないかなって……」

そう言って、碧は泣き笑いのような顔を奈緒に向けた。

私のせいで、家族全員が罪を犯すことになった。

もちろん後悔はあるが、未来が真っ暗だとは碧は思わなかった。

私と母と父の絆(きずな)は、この事件を通して、どんな家族よりも強く強く結ばれたのだから。


河原の土手をみちこに引っ張られるようにみちおが歩いている。隣を並んで歩きながら、坂間が報告する。

「野上碧ちゃんは家裁で審判に当たります。野上奈緒は懲戒(ちょうかい)免職。ふたりとも共媒の上、犯人隠避(いんぴ)罪と証拠隠滅罪に問われるでしょう」

「人が罪を犯す——そこには想像もできない理由があったりする」

みちおの言葉に耳を傾けるかのように、みちこが足をゆるめた。

「部長はすごいよな」

「『やっていない』という被告人と向き合い、今まで三十件もの無罪判決を下してきた。でも、それだけじゃないんですね」

「そう。今回のように『やった』という被告人の嘘も見逃さない。罪に正しい罰を下す——刑事裁判官として、当たり前のことを当たり前のようにやりつづけてきたからね」

そう言って、みちおは坂間に顔を向けた。

「裁判官にとして大事なこと。アインシュタインに近づく答え、わかったんじゃない？」

「疑うこと。アインシュタインは常識を疑い、数々の真理を導き出した」

正解とみちおがうなずく。

「ただ単に信じることは、知ることの放棄だからね」

翌朝、出勤した坂間の前に石倉が立った。

「千鶴さん。僕、決めました。書記官として、民事か刑事どちらにするか」

顔を上げた坂間に、申し訳なさそうに石倉が続ける。「僕、やっぱり刑事で。イチケイにいたいんです。みちおさんや部長と一緒に仕事したい。ごめんなさい」

「なぜ謝るんですか。私も刑事裁判官をしばらく続けることにしました」

「え……なんで？　あ、僕の……ため――」

そのとき、「坂間さん」とうれしそうに駒沢が自分の薄い本を差し出した。「落札ありがとうございます」

動揺しながら、「なぜ私だと？」と坂間が尋ねる。

「入間君がきっと坂間さんだろうって」

みちおがやってきて、「ね、さっそく読んでみてよ」と言いながらデスクの上にふるさと納税でもらったサーターアンダギーを置く。


本を読み終え、坂間はあ然とした。

「これは、いったい……」

ニヤニヤ顔で書記官チームが集まってくる。

「どうでした？　驚きでしょ」と川添が尋ねる。

「たしか、部長が司法修習生時代感じたことで話が終わってたんですよね」と浜谷。

「全三部作でしたっけ？」

「五部作の大作です」と石倉が糸子に返す。

「残りも全部買いませんか？」と駒沢も声をかける。「続き気になりましたよね」

「買いません！」

「まあ、とっても甘いサーターアンダギー食べて、落ち着いて」

腹立ちまぎれに食べ、坂間は激しく咳き込んだ。

「どこが甘いんですか！　激辛」

すかさずみちおが、「これ、熊本のふるさと納税でもらったとっても甘いジュース」と紙パック飲料を差し出した。坂間は一気にそれを飲む。

次の瞬間、「ぶはっ」と吐き出した。

「坂間さん、疑わないと。とっても甘い、甘いって振ってあげてるのに」

怒りでプルプル震え出した坂間を見て、川添が言う。「おっと、坂間りますよ」

「あなたと初めて会った中学生の法廷見学までさかのぼって、改善すべき点を今から述べていきます！」

逃げ出すみちおを追いかけながら、坂間がまくしたてていく。

4

狭い路地をパンパンにふくれ上がったカバンを肩からさげた少年が、ものすごい勢いで駆け抜けていく。

「待て！」と叫びながら少年を追うのは刑事たちだ。

行き止まりの柵を乗り越え、少年は路地を抜けた。広い通りに出ると、警察車両で前がふさがれ、多くの制服警官が待ち構えていた。少年は踵を返し、ふたたび裏道に入る。飲み屋横丁を人にぶつかりながら走り抜け、十人ほどの警察官を後ろに引き連れながら、ビルの非常階段を駆け上りはじめる。

最上階まで上ったが屋上へと続くドアにはカギがかけられていた。警官たちはすぐ後ろまで迫ってきている。

開き直ったのだろうか。

少年はカバンを開けると、なかに入っていた札束を手に取り、それを地上に向かってばら撒きはじめた。帯が取れ、紙幣がヒラヒラと舞い落ちていく。

突如、空から降ってきた一万円札に人々は狂喜し、奪い合うように拾い出す。

カバンに詰まっていたすべての札束を撒き終え、少年が笑みを浮かべたとき、警官たちがいっせいに襲いかかるようにして、その身柄を確保した。

＊

帰宅し、玄関ドアの鍵を開けようとしたとき、坂間は階段のところにしゃがみ込んでいる若い女性に気がついた。

「絵真(えま)!?」

「姉ちゃん!」

部屋に入れるや、得体の知れない木彫りの動物の面の下に巨大なトウガラシがいくつもぶら下がったモノを渡され、坂間は顔をしかめた。

「なんね、これ……」

「ネパールの魔除(まよ)けさ」

絵真は坂間とは違い見た目派手めのいい女だが、実は大学で考古学の研究に携(たずさ)わっている。探求心旺盛(おうせい)で勉強好きな似た者姉妹なのだ。今回はネパールでの遺跡調査を終え、帰国したところだという。

「で、私が偉大な発見に携わっとる間、日本でうちの彼氏、なにしとったと思う？」

毎度おなじみの彼氏への愚痴に、「出た」と坂間はうんざりする。

「女子大生とコンパ三昧よ！　ぶん殴って、三行半突きつけてやったっさ」

ヒートアップして、どんどんと足を踏み鳴らす絵真を坂間が慌てて止めた。

「下に響くやろ。同じ部署の人がおるとやけん」

「とにかく、休暇の予定が流れたとやもん。しばらくここにおる」と絵真は坂間の隣に腰を下ろした。

「勝手に決めんでよ」

「心配しとったよ。じいちゃん、ばあちゃん」

「え……」

「姉ちゃんは、このままじゃ一生独身じゃなかかぁって。父ちゃんはあきらめとったけど、姉ちゃんでも受け入れてくれそうな相手ば、幅広く紹介してあげるけん」

「おせっかいな親戚のおばちゃんみたいな真似はやめんね」と絵真の手を振りほどいたとき、チャイムが鳴った。

玄関に行き、ドアスコープを覗くとみちおのヒゲ面が目に飛び込んできた。坂間は仕方なくドアを開ける。もちろん、チェーンはかけたままだ。

「大丈夫？　G出た？」

そう言って、みちおは天狗の面の下にホオズキをぶら下げた奇妙なモノをかかげた。

「これ、島根のふるさと納税でもらった魔除け。Gが苦手な匂いが出るそうだよ」

「うちにゴキブリはいません。うるさくしてすみません。妹が来ていて」

坂間を押しのけるように、絵真が顔を覗かせた。

「こんばんは」

「あ、こんばんは」

絵真が手に持つネパールの魔除けとみちおが手に持つ島根の魔除けが、ほぼほぼ同じフォルムをしていることに気づき、坂間は悪い予感しかしない。

こいつら、もしかして同類……？

「AIに分析させ、推論した上で調査。それで遺跡を見つけたんです」

嬉々として話す絵真に、「すごいな」とみちおがうなずく。「やっぱり大切なことは雲の上じゃなくて地面の下にあるってことだね」

坂間の反対を押し切り、絵真が強引にみちおを家に上げてから、すでに数時間が経過している。意気投合したふたりの会話は時が経つにつれ盛り上がり、終わる気配がない。

いきなり、隣の部屋の扉が開き、「いい加減にしてください」とパジャマにカーディガンを羽織った坂間が出てきた。

「現在、二十四時三十分。いつもなら睡眠時間がすでに三十分は経過しているはずなんです。入間さん、今すぐ帰ってください」

「はーい」と答えるも、みちおはふたたびソファに腰を下ろした。「坂間さん、ＡＩ裁判官ってどう思う？」

「はい？」

「甥っ子がもし自分が裁かれるならＡＩ裁判官に裁かれたいって言うんだよね」

また甥っ子話か……とため息をつくも、坂間は真面目に答える。

「すでに量刑の判断などをＡＩが補助するシステムが海外では導入されつつあります。そう遠くない未来、ＡＩが人の知性を超えると言われている二〇四五年には、ＡＩが人を裁いていることでしょう。間違えない。感情に流されず、客観的事実に基づき判断を下す。しかも大量に案件を処理し、裁判官のある意味理想形です」

みちおはペットの黄色いトカゲ、ヒョウモントカゲモドキのクレアパトロを水槽越しに撫でながら言った。

「でも、人でしか裁けない裁判ってあると思うんだよね」

「否定はしませんが」

そこに絵真が割って入った。

「姉ちゃんってどんな裁判官なんですか」

途端にみちおの目が泳ぎはじめる。

「え……あ……本人、目の前にしてはね……ちょっと……」

「なんですか、そのあからさまに私に問題があるような――」

「なんか急に心配になってきた」と絵真がさえぎる。

「傍聴してみたら？　坂間さんの裁判」

みちおの提案に絵真は即答した。

「する！」


翌日、さっそく絵真は姉の裁判を傍聴しに裁判所を訪れた。みちおの案内で法廷に入り、一緒に傍聴席に座る。

すぐ横に座っていたふたり組が、みちおの姿に目を丸くする。ふたりは「みちおを見守る会」のメンバー、ハンドルネーム「空気」と「階段」だった。

坂間を裁判長に行われているのは、詐欺罪公判の冒頭手続きだ。

証言台に立つ二十代前半の被告女性に向かって、坂間が質問を始める。

「検察官の述べた起訴事実に間違いはありますか」

「……はあ」とだるそうに答える被告人に坂間が注意する。

「発言が不明瞭です。質問の趣旨に明確に答えてください」

チッと被告人が舌打ちする。

「舌打ちが聞こえましたが、美人局行為による詐欺を行なったことに間違いないということでよろしいでしょうか」

「まあ……」

「発言が不明瞭です。明確に答えてください」

「チッ、チッ、チッ、チッ」

「舌打ちが聞こえましたが、美人局行為による――」


続いてふたりは、窃盗罪公判の証拠調べ請求を見学した。

「被告人は都内の神社を回り、賽銭を盗んでは高級飲食店の飲食代に当てた」

「あの、裁判長」と被告人の窃盗常習犯が口をはさむ。「できれば静岡刑務所に行かせてもらえませんかね。あそこの飯はもう最高なんすよね」

「私に決める権限はありません。要望は却下します」

「特に――」

「却下します！」


午前最後の審理は、銃刀法違反公判の判決宣告だった。

被告人は指定暴力団の組長の若妻、いわゆる極道の妻だ。

「主文、被告人を懲役一年十月に処する」

被告人が鋭い視線で坂間をねめつけ、言った。

「あんた、夜道に気をつけたほうがいいよ」

ドスの利いた姐さんの声に、傍聴席に陣取った組員たちも戦闘モードに突入。周囲を囲まれているみちおと絵真は肩身を狭くする。

しかし、坂間はまるで動じない。

「今の古典的な脅しの常套句は脅迫罪に当たります。追加で起訴してもらいましょうか。撤回するならどうぞ」

とっさに勝てないと見てとったのか、「撤回します。すいやせん」と被告人は豹変。

組員たちもイスに腰を落ち着けた。

「続けます。令和二年十月、被告人所在の自宅に真正拳銃一丁を隠匿していたものである。以上の事実はこの法廷で取り調べた各証拠により認定しました」

まるで機械のように下していく坂間の判決を聞きながら、「空気」がスケッチブックにその姿を描いていく。イラストには『ベルトコンベアー裁判官誕生!!』と添えられている。


裁判を終え、刑事部へと戻る坂間と石倉に、絵真とみちおが合流した。絵真から告げられた言葉に、聞き捨てならないと坂間が尋ね返す。

「私がベルトコンベアー裁判官て?」

「うん。傍聴マニアらしき人が言いよった」

「『みちおを見守る会』ですよ、きっと」と石倉。

黙ってしまった坂間を、「あれ」とみちおがうかがう。「ちょっと気にしてる?」

「ハハハ。一ミリも気にしていませんが」

デスクに戻るや、坂間は案件ファイル棚の後ろに身を隠し、スマホで「みちおを見守る会」のアカウントをチェックしはじめた。

『第三支部随一の処理の速さ。ただ面白くない』『心がないベルトコンベアー裁判官』

『傑作と呼ばれる裁判は、心を打つ優れた短編みたいなところがあるが、坂間千鶴の裁判は、駄作』『駄作製造機』――。

辛辣（しんらつ）なコメントの数々に、脊髄（せきずい）反射で坂間は反論コメントを送りはじめる。

『裁判は娯楽じゃない』『心があるかどうかは主観。客観的に立証すべきでは?』『処理件数を上げる存在がいないと、第三支部は崩壊する』――。

すぐさま坂間のコメントへのリアクションが次々と投稿される。

『まさか本人?』『自己弁護ｗｗｗ』――。

慌てて坂間が、『違います!』と返信したとき、ファイルが抜きとられ、そこからみちおがニヤニヤ顔を覗かせた。

私はなにもしてませんとばかりに、坂間がしれーっと立ち上がる。

書記官たちと一緒にＳＮＳをチェックしていた絵真がつぶやく。

「姉ちゃん、相当気にしてる……」

「大丈夫です。僕が支えます」

キリッとした顔で言い切った石倉に、絵真が尋ねる。

「まさかとは思いますが」

「そのまさかです」と本人ではなく川添が答え、「元傍聴マニアとして、見逃せないみたいですよ」と浜谷が言い添える。

絵真はしげしげと石倉を見つめ、言った。

「お見事なルックス……合格。結婚前提に姉をよろしくお願いします」

差し出された右手を石倉が勢いよく握る。

「早っ」と糸子が目を丸くしたとき、坂間がこっちにやってきた。

「なんすっかり溶け込んどっと。早く帰りなさい」

「姉ちゃんの裁判、もっと見る」

「は?」

「長崎の神童って言われよった姉ちゃんがバカにされとる」

「あがん無責任な書き込み、気にせん。私は駄作製造機じゃなか! 心だってある!」

「気にしとるたい」

「しとらん」「しとる」と言い合っていると、「おふたり、しばし休廷で」と駒沢が中二階から降りてきた。

「合議制で扱いたい案件があるんです」

会議室に一同が集まると駒沢が説明を始める。

「被告人は望月博人。十七歳。少年事件です」

少年事件と聞き、皆の表情が変わる。

「少年は東京ドリームランド遊園地の売上金五千万円を盗み、逃亡。赤羽駅前のビルの非常階段から現金をばら撒いた。ばら撒かれたお金は半分以上が紛失しています」

「過去の類似事件でも、八割は通行人が持ち去ったって言われてますもんね」と浜谷が相槌を打つ。

「少年事件、私、初めてです」

「え、そうなの？」と意外そうにみちおが坂間を見つめる。

「はい。なにか？」

「いや」

「僕もです」と石倉が言い、「実は私も」と浜谷も続く。

「もともと少ないですからね、少年の刑事事件は」と駒沢。

「少年が刑事裁判にかけられるってことは、家裁から逆送されたってことですよね」と糸子が曖昧な知識を確認するようにつぶやく。

「はい」とうなずき、川添が解説する。「重罪の場合は検察に戻されて逆送となる。少年であっても、大人と同じ刑事裁判として扱わなければいけない」

「とにかく、これは難しい案件です」と駒沢が皆を引き締める。

「裁判長は……」みちおは坂間を見て、微笑んだ。「坂間さんがいいんじゃないかな」

坂間が眉をひそめ、みちおを見返す。

「今、なんか裏があるって思った？」

「ええ。あなたから疑うことを学んだので」

「坂間さんは合議制の裁判長の経験はないでしょう。それをいきなり少年事件ですか」

懸念を示す駒沢に、「経験しておくのもいいと思って」とみちおが返す。

「あ、無理ならいいよ」

「誰が無理だと？」と坂間はみちおの挑発に乗った。「今まで私は努力でどんなことも突破してきたんです」

「千鶴さんならやれる」と石倉が強くうなずく。「長崎の神童ですもんね」

「部長」と坂間は駒沢に顔を向けた。「やらせてください」

「わかりました。裁判長は坂間さんで」

＊

第一回公判——。

坂間が開廷を宣言し、検察の井出が起訴事実を述べていく。話を終え、井出が着席すると、坂間は証言台の博人に言った。

「被告人には黙秘(もくひ)権があります。答えたくない質問には答える必要はありません。それによって不利に扱われることはありません。起訴事実に間違いはありますか？」

博人は前髪に隠れた目をわずかに動かしたが、口は固く結ばれたままだ。

沈黙が続き、「ん？」と坂間は怪訝(けげん)そうに博人をうかがう。

「裁判長」と城島が立ち上がった。「被告人は取り調べ段階から黙秘権を行使しているんです。しかも、すべてにおいて供述しない完全黙秘です」

「え!?」

法廷がざわつくなか、書記官席の石倉と浜谷がボソッとつぶやく。

「捜査段階ならともかく、公判が始まっても完全黙秘って……」

「聞いたことない」

坂間は弁護人の辰巳浩之(たつみひろゆき)へと視線を移す。

「弁護人に対しても黙秘しているんですか」

「ええ、なにも話しません」と辰巳は特に気にしていないように軽く答える。

「被告人は少年です。黙秘権を行使することについて話しましたか」

辰巳は気まずそうにうつむいた。

「話してませんね」

国選弁護人……おそらくこの人は抽選のクジで仕事を得ただけ。

わずかに動揺を見せる坂間を、博人がじっと観察している。

続いて井出による検察側の冒頭陳述が始まった。

「被告人は半年前に高校を中退。東京ドリームランドでアルバイトスタッフとして働いていました。あるとき、売上金回収の日程上、一か月に一度多額の現金が金庫に保管されていることを知り、それを強奪する計画を立てた。犯行時、覆面をかぶり、警備員にスタンガンを押し当て、五千万円を強奪。そして犯行から三時間後、赤羽駅前の繁華街にいるところを警察官に発見され、ビルの非常階段から盗んだ五千万円をばら撒いた」

井出が着席し、被告人質問になる。

「被告人はまだ黙秘を続けますか」

坂間の問いに、博人は反応すらしない。

やっぱり、完全黙秘……。

そのとき、じっと博人を見ていたみちおが尋ねた。

「被告人は今、なんで裁判長がこのなかで一番若い彼女なんだって思いましたか?」

虚を衝かれ、博人の瞳が揺れる。

「入間裁判官、余計な発言は――」

さえぎるように、みちおが坂間に言った。

「まずは裁判長のことを知ってもらうのはどうですか?」

「は?」

「三十一歳。任官して六年目の特例判事補。一応、上からは優秀と思われています」

「一応とはなんですか、一応とは」と小声で坂間が文句を言う。みちおは気にせず、博人の注意を引くべく立ち上がった。

「少年事件の被告人は大人に心を開かず、投げやりに『別に』としか言わないケースが多いんです。心を開かせるのが大きな壁。なのに完全黙秘――坂間裁判長は今、大いに戸惑っています」

「やめてください」

傍聴席から大きな笑いが起きる。絵真も笑っている。傍聴席だけではない。書記官席の石倉と浜谷も、検察官席の井出も城島も、弁護人の辰巳も笑っている。

「静粛に」

しかし、笑いは収まらず、坂間は声を張り上げた。

「静粛に!!」

ようやく笑いの波が引き、みちおは続ける。

「坂間裁判長は黙秘を認めながら、心のなかでは正直に話してほしいと思っているんです」

「私の心のなかを説明するのはやめてください。それに無理に話すように勧めるのは、黙秘権の侵害にあたります。弁護士会からクレームがきます」

焦ったようにみちおを制する坂間を、博人が見つめる。

「この裁判長、頭でっかちなところがあるなあと被告人は今、思いましたね。フフ。その通りです」

みちおの言葉で、法廷はふたたび大きな笑いに包まれる。その笑い声が伝染したように博人の口もとにも笑みが浮かぶ。

とても少年らしい素直な笑顔だった。

検察、弁護人らとともに合議室に入ると、坂間はズイとみちおに顔を寄せた。

「入間さん。私が今、なにを思っているか答えてください」

「法廷で勝手にしゃべりやがって、この野郎」

「若干ニュアンスが違います。裁判官の品位を考えろ、この野郎！……です」

「法廷での訴訟指揮権は裁判長にある。刑事訴訟法、何条だっけ？」

「二九四条です。続けてください」

「右陪席、左陪席は裁判長の意思に反して発言してはいけない。それを守れ、かな」

「いいでしょう。私の言いたいことは以上です」

そう言って、坂間は自分の席に戻る。

「相手に心を読ませて、自分が言いたいことを言わせた」

「すごい」

井出と石倉は感心してしまう。しかし、みちおは不満げだ。

「でもさ、場が和んで――」

「場を和ませるために、裁判長を肴にしていじり倒す。私は法廷の『つまみ』、『あて』ですか？」

「見られてよかったじゃない」

「は？」

「笑顔。笑ってたでしょ、被告人」

奥の席で、浜谷がボソッとつぶやく。

「なんか少年らしい感じがした」

「大人の事件として扱っても、少年は少年ですね」と石倉がうなずく。

「少年事件の場合、家庭、学校、交友関係などに問題があることが多く、より周辺調査に力を注ぐ必要があります」

駒沢の指摘を受け、みちおが席を立った。坂間に歩み寄り、そそのかす。

「裁判長として、被告人に関する『なぜ』、知っておきたくない?」

「……」


翌日。坂間、みちお、石倉、浜谷の四人は望月博人が育った児童養護施設「ひかりホーム」を訪れた。ホームの庭で遊ぶ子どもたちのあまりにも元気な姿に少し気後れしながら、坂間がみちおに言い訳を始める。

「断っておきますが、これは捜査ではなくあくまでも社会調査です。家庭裁判所で行われているように被告人の身辺を正確に把握するための行為であり、決して——」

「みんな明るいね」と子どもたちにまとわりつかれながら、みちおが笑う。

「なんか意外です」

石倉はまぶしそうに子どもたちの姿を眺める。

児童養護施設と聞くとどうしてもネガティブなイメージでとらえてしまいがちだが、ここの子どもたちに暗い影はまるで見えなかった。

「施設で育つことをプラスにとらえている子も多いんですよ」と施設内を案内しながら職員の佐野春代がそう話す。「両親の離婚、死別、虐待など痛みを抱えた児童が集まってきます。深い絆が生まれることもあるんです」

「望月博人と深い絆があった子はいますか」

坂間の問いに、「きょうだいがいるんです」と春代はホールでピアノを弾いている高校生くらいの女の子とピアノにもたれながらそれを聴いている男の子を目で示した。

「正確には、みたいな関係」

女の子は右手だけでショパンの『幻想即興曲』を見事に弾いている。

春代はそのふたり、吉沢未希と滝本陸を呼び寄せると、縁側に座らせる。

「博人、陸、未希。九年前、同じ日に三人はここに来たんです。八歳、七歳、六歳と一歳ずつ年が違ったこともあって、そのとき、三人できょうだいになろうと誓い合ったそうです」

誓いの証として、それぞれの左手にミサンガを結んだ。それ以来、三人はずっと一緒だった。あのことがあるまでは……。

「昔の話だよ」と陸が立ち上がる。「博人なんて知らない。俺は縁を切った」

「陸……」

「あんなバカなことやって、もう関わりたくない！」

「やめなさい、陸」と春代がたしなめる。

「たしかにあんなバカなこと……なぜ、やったんだろうね」とみちおが尋ねる。

吐き捨てるように陸は言った。「金が欲しかった。そんだけだろ」

今度は坂間が質問する。「半年前、彼は高校をやめていますよね。なぜ、やめたのか。

今回のことと関係してるんですか」

未希が思わず自分の左手を見つめる。それに気づいたみちおが立ち上がり、「ピアノ」

と話しかけながら、未希の隣に座った。

「え……」

「すごいうまかったよね。でも、左手使ってなかったように見えたけど」

未希は視線をそらすようにうつむいた。陸の表情もかすかに揺れる。

そんなふたりを、坂間がじっと見つめている。

＊

第二回公判――。

坂間が証言台に立つ博人に語りかける。

「滝本陸さん、吉沢未希さん」

ふたりの名前に、博人がビクッと反応する。

「あなたとはきょうだいのような関係だったそうですね」

「……」

「吉沢未希さん。彼女にはピアノの才能があり、努力を重ねてきた。そしてピアノコンクールで何度も優勝もしてきた。有名音楽校にも誘われていた。でも一年前、思いがけないことに巻き込まれた。東京ドリームランドのジェットコースターの故障で、数名の来園者を巻き込んだ事故が起きた。あなたと一緒に乗っていた吉沢未希さんは左手を負傷。尺骨神経損傷により麻痺が残り、ピアニストになる夢をあきらめた」

「……」

「事故に遭った日、吉沢未希さんの誕生日だったそうですね。怖がる彼女にジェットコースターに乗るように勧めたと」

博人は頭を垂れ、坂間の話を聞いている。

「事故を起こした東京ドリームランドと社長は、業務上過失致傷罪で起訴された。しかし、不慮の事故だとして無罪となっています」

「……」

「判決後、あなたは高校をやめ、事故を起こした東京ドリームランドで働きはじめた。あなたは逆恨みから、お金を強奪しようと考えたのですか」

博人は坂間を鋭くにらみつける。

緊迫した沈黙に法廷が包まれるなか、誰かのいびきが響いてきた。坂間が音の出どころを探ると、あろうことか弁護士の辰巳が舟を漕いでいた。

「起きてください、弁護人」

しかし、辰巳はまだうとうとしている。

「弁護人、起きなさい！」

一喝され、辰巳がビクンと立ち上がる。

「退廷を命じますよ！」

ハッと襟を正す辰巳に坂間が言った。

「国選弁護人として、数をこなす一案件かもしれません。しかし、被告人のこれからの人生がかかっているんです」

「……はい」

書記官席で石倉がボソッとつぶやく。「千鶴さんの一喝、しびれる……」

隣の浜谷がボソッと返す。「被告人の心に響いたかも」

なおも自分をにらんでいる博人を、坂間がうながす。

「話してくれませんか」

長い沈黙のあと、固く結ばれていた口が開かれた。

「……クソだ……法律なんてクソだ」

静かに怒りをあらわにする博人に、「よかった」とみちおが微笑む。

「やっと君の声が聞けた」

坂間が横目でみちおを見る。

「裁判長、よろしいでしょうか」と証拠資料に目を通していた駒沢が発言を求める。

「はい」

「検察官、被告人が金銭を強奪して、ビルの非常階段からばら撒くまでの三時間の行動について、明らかになっていないんですよね」

駒沢の疑問に城島が答える。「盗んだものの逃げ切れず、ばら撒いたという事実で問題ないと思いますが」

「被告人に関して、いまだになぜがいっぱい残っていますが、このまま判決を下せますか」とみちおが坂間をうかがう。「裁判長」

坂間の脳内で怒濤のように自問自答が始まった。

強盗罪は刑法二三六条一項、懲役五年以上。酌量減刑して懲役二年六月。いや、逆恨みが動機だとしたら、同情できない。巨額の被害額、反省の色も見えない。前科はない少年であっても懲役三年、あるいは四年。その場合、実刑？　執行猶予保護観察つき？

……決められない！

坂間の心の内を見透かしたように、みちおが尋ねる。

「必要なんじゃないですか、裁判所主導の捜査」

ニコッと笑いかけてくるそれが悪魔の微笑みに見える。

私に言わせようとしている、例の言葉を。

「私も必要だと思います」

部長まで！

「検察としては――」

城島をさえぎるように井出が立ち上がる。

「必要だと考えます。完全黙秘の理由が気になっていたんです」

「おいおいおい」

「検察も捜査すべきと言っていますが」とみちおが坂間をうながす。
石倉がボソッとつぶやく。「言っちゃうの、千鶴さん」
浜谷がボソッと返す。「言わざるを得ない状況」
追い込まれ、坂間はボソッと早口で言った。
「職権を発動します」
「裁判長、大きな声で」とみちおが微笑みながら背中を押す。
坂間は大きく息を吸い、腹から声を出した。
「職権を発動します!! 裁判所主導であらためて捜査を行います！」
そんな姉を絵真が笑顔で見つめる。
「みちおを見守る会」の面々が大喜びで坂間の絵を描きはじめる。
『吉報！ ベルトコンベアー裁判官がついに入間った!!』

公判を終え、合議室に一同が集まった。
「で、どうやって捜査するんだよ」と城島が尋ねる。隅にいた辰巳が、「私は仕事が立て込んでて、差し支えるんですがね」と面倒くさそうに言う。次の瞬間、恫喝（どうかつ）するように坂間がグラスをテーブルに叩（たた）きつける。

「いえ！」と辰巳が立ち上がった。「もちろん、弁護人としてお付き合いします」

皆がテーブルに着き、「裁判長、捜査方針を」とみちおが坂間に水を向けた。

「事故を起こした遊園地で、被告人はなぜ働き、そしてなぜ金銭を強奪しようとしたのか把握する必要があります。まずは職場の人間から話を――」

「それと一年前の事故の公判、担当した弁護士を調べてみて」

石倉に指示するみちおに、話の腰を折られた坂間が尋ねた。

「なぜですか」

「完全黙秘の望月博人が唯一口にしたこと――法律なんてクソだ。それが気になってね」

「わかりました」と石倉がうなずく。「リサーチしときます」

「あとは被告人がお金を奪い、非常階段からばら撒くまでの空白の三時間」

坂間のあとを駒沢が引きとる。

「防犯カメラ映像を入手して、被告人の逃亡経路を徹底的に調べてみましょう」

みちおがうれしそうに言った。

「仕方ない。やりますか、みなさん」

「は？　あなたが言いますか、それ」

裁判長という立場で悩ましい坂間とは対照的に、自分たちの手で真実を探す機会を得て、みちおはご機嫌だ。思わず笑いがこぼれてしまう。

＊

東京ドリームランドを訪ねた坂間、みちお、石倉の三人が、管理棟の外で責任者の門田光彦に話を聞いている。

門田は博人と親しく、よく食事にも連れていっていたという。施設内で知り合ったというが、管理責任者が一介のアルバイト職員と接点を持つ機会などなかなかないだろう。

みちおはそこに博人の作為を感じてしまう。

「管理責任者なら事故の詳細を把握している。偶然とは考えにくいんですよ」

思い当たることがあり、門田は話しはじめる。

「……望月君から、妹のような存在が自分のせいでジェットコースターの事故に巻き込まれたと聞きました。それで本当に不慮の事故だったのかどうしても知りたいと」

「不慮の事故だったんですよね」

石倉は軽く尋ねたのだが、門田は複雑な表情で口をつぐむ。

「裏があるみたいですね。話していただけますか」

みちおがうながしたとき、背後から声がした。

「あとはこちらで対応します」

皆が振り向くと、切れ者の雰囲気を漂わせた四十半ばの男が近づいてくる。

「顧問弁護士の稲垣です」と皆に名乗り、門田に言った。「仕事に戻ってください」

「……はい」と門田は管理棟へと帰っていく。

目の前に立つ稲垣を一瞥し、みちおは言った。

「石倉君。一年前の事故の公判を担当した弁護士、リサーチ結果話して」

「本人を前にですか？」

「そう。そのほうが早いから」

「どうぞ」と稲垣が石倉をうながす。

「えー……」と石倉はノートを開き、話しはじめる。「稲垣司。四十五歳。国内屈指のアルエスアンドカンパニーファームに所属。主に不祥事で社会的信用を落とした企業法務を得意とする。年収は三億円を超えるスター弁護士——三億円ってホントですか？」

フッと笑い、「なるほど」と稲垣はうなずく。「一年前の事故の公判が気になっていらっしゃると」

「元弁護士なんですよ、僕」とみちおが稲垣に言う。「だから弁護士を知れば、どういうストーリーを用意して弁護したか、想像がつくんです」

「裁判はね、オセロです」

胡散(うさん)くさい表現に、「は?」と坂間が鼻白(はなじろ)む。

「白を黒に、また黒を白にすることもできる」

「黒を白に変えたと?」

みちおに向かって、稲垣は余裕の笑みを浮かべた。

「楽しいゲームでしたよ」

怒りを抑え、坂間が尋ねる。「一年前の事故の公判、関係者全員、必要な定期点検を行い、遊具の管理は徹底していたと証言しています。口裏合わせて偽装したんですか」

「ノーコメントで」

「あなたはなんのために法律家を志(こころざ)したんですか」

こんな青くさい質問を受けるとは……ため息をつき、稲垣は坂間に顔を寄せた。

「マネー。お金、ですよ」

「……」

「お帰りを」

裁判所に戻った石倉は合議室での防犯カメラ映像チェックに合流した。検察の井出と城島に加え、弁護士の辰巳も嫌々ながらパソコンモニターに目を凝らしている。

「あ、浜谷さん、お子さん幼稚園に迎えに行く時間でしょ」

石倉に言われ、浜谷は時計を確認する。

「ホントだ。悪いけどお先に。子どもが待ってるから」

出ていく浜谷を見送りながら川添が言った。

「私も上がっていいですか」

「いや、誰も待ってませんよね」と即座に糸子がツッコむ。

そのとき、「ちょっと、これ見てください」と井出が自分のパソコン前に皆を呼んだ。

モニターには帽子を目深にかぶった博人がバスに乗り込む映像が流れている。

その行先を見て、皆は首をかしげた。

金をばら撒いた赤羽駅とはまるで違う方向だった。


その頃、みちおと坂間は東京拘置所を訪れていた。博人と接見する前に、石倉からのメッセージがみちおに届いた。

「坂間さん、これ」とみちおが坂間に添付された映像を見せる。

博人がバスに乗り込む様子が映し出されている。

「どういうことでしょう」

「完全黙秘を含めて、望月博人の行動の山ほどある『なぜ』——それがどこにつながっているかだね」

「……」

接見室でアクリル板越しに博人と向かい合うと、単刀直入に坂間が切り出した。

「高校をやめて、東京ドリームランドでアルバイトを始めたのは、事故についてあなたなりに調べるため。管理責任者の門田さんから真実を聞いたんじゃないですか」

懸命に無表情を貫こうとするが、博人の脳裏には門田の言葉が鮮やかによみがえる。

「上の指示でメンテナンスコストを大幅に減らしていた。定期点検と老朽化部品の修理の管理を怠っていたんだ」——。

無言の博人に坂間は続ける。

「一事不再理——一度判決が確定したら、もう審理されることはない。たとえあとから有罪を示す決定的な証拠が出てきても、覆ることはない」

みちおが顔を近づけ、博人に語りかける。

「法律は人間が人間のために作り出したルール。必ずしも弱いものの味方になるとはかぎらない。法律は君を救わなかった。君は恨むべき理由があった。わずかなお見舞金しか支払わなかった会社から、計画的にお金を強奪しようとした。でも、真実はそれだけじゃないよね。犯行後の空白の三時間」

みちおはスマホを取り出し、博人に防犯カメラの映像を見せる。

「なぜかお金をばら撒いた赤羽駅とは別の場所に向かっている。どうしてかな？」

「……」

動揺を覚らせないように静かに博人は立ち上がった。接見室を出ていこうとする博人の背中に、坂間が必死に問いかける。

「あなたの夢はなんですか」

博人の足が止まった。

「罪を犯せば、その夢を失ってしまうかもしれない。それでもあなたは犯行に踏み切った。私利私欲のためじゃない。すべてを投げうってでも大切な人のために犯行に――」

勢いよく振り向き、博人はアクリル板を両手で叩いた。

怒りに燃える瞳が坂間の目に飛び込んできた。

すぐに刑務官が制止に入り、博人は抱えられながら接見室から連れ出された。

「……」

みちおと坂間が合議室に戻ると、部屋はどんよりとした空気で満ちていた。博人が乗ったバス路線の停留所付近の防犯カメラ映像を入手し、しらみつぶしにチェックしているのだが、まだ博人の姿を発見できてはいなかった。

疲れ切った様子の一同に坂間が言った。

「望月博人じゃない、別の人物の行動について調べてみたいんです」

「え……」と皆は絶句する。

「関係者の行動だね、望月博人の」とみちおが意気揚々と坂間に返す。

「はい。みなさん、もうひと頑張り、お願いします」

頭を下げ、坂間はそのもうひとりの資料を配っていく。

日付が変わる頃、浜谷が合議室に顔を出した。

「はい、配給」と手にした紙袋をかかげる。

「わー」とみんなから歓声が上がる。

糸子と川添がタッパーに詰まったおにぎりを紙袋から出し、夜食の用意を始める。

「子どもの寝顔見てたら、少年のことが気になってね」と浜谷はパソコンの前に座った。

「真実が少年のためになると思って、頑張りましょう!」

気合いを入れる石倉に、城島が苦笑した。

「この浪花節（なにわぶし）な感じ、お前ら、嫌いだわ」

「ホントですね」と井出も笑顔で同意する。

ふたりの会話にイチケイの面々も笑ってしまう。思えば、検察官と弁護士と裁判官チームが一緒に証拠を探しているというのも、なんとも不思議な光景だ。

場の空気が和んだのを見て、駒沢が言った。

「さ、全員で一気に見てしまいましょう」

「はい」


朝。さすがに疲れ果て、皆が寝落ちしているなか、坂間が黙々と映像をチェックしている。ある場面で、その目が釘づけになった。

「……みなさん、起きてください」

「はい、すみません！」と反射的に飛び起きたのは辰巳だった。周囲を見回し、「起きてください、みなさん」と手を叩き、皆を起こしていく。

「これ、見てください」

寝ぼけまなこの一同が、坂間のパソコンの周りに集まる。

どこかの橋の欄干(らんかん)に金を詰めたバッグを肩からさげた博人がもたれている。橋の向こうから誰かが博人に近づいていく。

やがて、カメラにその顔がはっきりと映った――。

*

第三回公判――。

証言台に立つ博人に、坂間が尋ねる。

「被告人が五千万円を強奪後、赤羽駅でお金をばら撒く前に一度、別の場所に立ち寄ったのは、ある人物と落ち合うためですね」

激しく動揺し、博人はうつむく。

「出してください」

坂間の声を合図に、モニターに防犯カメラの映像が流れはじめる。橋の欄干にもたれて待つ博人のもとに、若い男性が駆けてくる。

「滝本陸」

「……」

「あなたはなぜ、滝本陸さんと会っていたのですか」

決定的証拠を前になおも逡巡する博人に、坂間は言った。

「滝本陸さんから話を聞くことになり――」

「やめろ」と強い口調で博人が制した。「陸は関係ない。俺がひとりでやったことなんです。だから早く判決を。裁判長、お願いします」

博人は証言台から離れ、坂間の前にひざまずいた。土下座して、懇願する。

「お願いします。お願いします。お願いします!」

頭を下げつづける博人を、坂間が切なげに見つめる。


その日の仕事を終え、みちおと坂間は一緒に裁判所を出た。官舎までの道を並んで歩きながら、みちおが言った。

「きっと彼は怯えてる。隠しておきたい真実が暴かれることを」

「……」

「真実を明らかにすることを、もしかしたら躊躇してる?」

「……いえ。たとえ彼が望まなくても、客観的事実に基づき裁く必要が私にはあります」

自分に言い聞かせるように答える坂間を、みちおが見つめる。

「なにか？」

「悩まないんだろうなと思って。ＡＩ裁判官だと」

そう言うと、みちおは足を早め、先に行ってしまった。

「……」


数日後。所在尋問のために、ひかりホームに関係者一同が会した。尋問の対象は、滝本陸と吉沢未希だ。

緊張気味にテーブルに並んで座るふたりに、坂間と駒沢が向き合っている。誕生日席にみちお、その隣に井出。奥のテーブルで城島と辰巳が見守っている。石倉と浜谷は手前のテーブルで記録をつけている。

「望月博人は頑なに真実を話そうとしません。検察官、お願いします」

坂間に応じ、井出が立ち上がった。

「吉沢未希さん」

「はい」と未希が井出に顔を向ける。

「調べたところあなたの左手、最先端医療で完治する可能性が高いそうですね」

「……はい」

「しかし保険外適用の手術。高額な医療費が必要。そこで望月博人は、お金を盗んで捕まっても手術費を捻出できる方法を考えたんです。五千万という大金をあえて盗んで、手術費に必要な額だけを抜き取り、お金をばら撒く前に別の場所で落ち合った滝本陸さんに託す。このあとの行動は本来の目的を覚られないための偽装工作だった。残りを衆人環視のなかでばら撒く。持ち去られたり、紛失することで正確な被害金額がわからなくなる。あらかじめ手術費が抜きとられているとは誰も思わない。単独犯であり、共犯者はいない。望月博人だけが捕まることで成立する犯行計画――滝本陸さん、そうですね」

うつむき、歯を食いしばる陸を未希がうかがう。陸の左手には自身の黄色いミサンガに重なるように博人の赤いミサンガが結ばれている。

陸は、最後に見た博人の笑顔を思い出していた。心配する自分の頭を、「そんな顔すんなよ」とくしゃくしゃと撫でながら、博人は言った。

「陸、未希を頼むぞ」と。

ごめん、博人。

俺、もう……無理だ……。

陸の目から涙がこぼれ落ちる。

そんな陸にみちおが言った。

「つらかったでしょ」

「え……」

「望月博人と仲たがいしてるように振る舞うのは」

陸は左手首に重ねたミサンガを強く握りしめる。

井出がさらに続ける。

「滝本陸さんが犯行に関与していること——それを望月博人はなんとしてでも隠しておきたい。それで完全黙秘を貫いた」

涙を流しながら、陸はかすかにうなずいた。

「吉沢未希さん」と坂間が視線を未希へと移す。「手術費のこと、滝本陸さんからなんと聞かされていたんですか」

「……奨学金支援制度。将来返済する約束で支援金を集めたって」

「その嘘に、うすうす気づいていたんじゃないですか」

「……はい」と未希がうなずく。

驚き、陸が振り返る。

「え……」

未希は強く唇を結び、懸命に涙をこらえている。

「今回の犯行、きっと滝本陸さんも関与している。自分がなにか話せば、滝本さんまで逮捕される。望月博人がすべてを投げうった行為が無駄になると思い、黙っていたんですね」

駒沢にやさしく言われ、未希は涙ぐみながらうなずいた。

立ち上がり、坂間と駒沢に向かって頭を下げる。

「お願いします。陸を……博人を重い罪にしないでください。お願いします」

泣きながら、未希は懇願しつづける。

「……」


自室のデスクで、坂間が博人の案件資料を読んでいる。もう暗記できるくらい読み込んだが、いまだ自分が下すべき答えは見えてこない。

音もなく絵真が入ってきて、デスクにコーヒーを置く。

「判決、明日やろ」

「なん、私なら大丈夫」

「……大丈夫じゃなかとね。昔から。姉ちゃんの『大丈夫』は『大丈夫じゃない』」

振り向き、坂間は絵真に言った。

「……きょうだいはなにがあっても離れたらいけんよね。一緒におるべきだよね」

「よかったよ」

「え……」

「姉ちゃんがおってくれて。そばにおってくれるだけで、心強かったさね」

「……」

「頑張れ、坂間千鶴！」

両の拳を握ってエールを送る絵真に、坂間は笑みを浮かべて小さくうなずいた。

＊

判決言い渡し――。

「被告人は証言台の前へ」

坂間にうながされ、博人が証言台へと進む。

「主文。被告人を懲役三年に処する。この裁判の確定の日から三年間、その執行を猶予する。また保護観察処分とする。これから理由を述べます」

「陸は?……陸はどうなったんですか」

「滝本陸さんは家庭裁判所で審理に当たっています」

「未希は? 未希の手術は」

「手術は中止になりました」

「どうして!!」

博人は坂間を、駒沢を、そしてみちおを見る。

裁判官席の三人は、高みから自分を見下ろしている。

その視線はどうしようもなく冷たく感じる。

「やっぱり法律なんてクソだ」

自分のしたことはすべて無駄だったのだ……。

悔しくて、博人の目から涙がこぼれた。

同時に激しい怒りが爆発した。

「どうしてだよ。どうしてだよ!!」

激高し、博人は裁判長席の坂間に向かっていく。慌ててふたりの刑務官が博人の体を押さえ込んだ。振りほどこうと博人は激しく身じろぎする。

「刑務官、被告人を離してください」

「しかし」

法壇を降りていく坂間を、傍聴席から絵真が息をのんで見守っている。

暴れる博人の目の前に立ち、坂間は刑務官に言った。

「構いません」

刑務官が手を離すと、博人は坂間に向かって拳を振り上げた。

「人生は」

坂間の鋭い言葉に、その手が止まる。

「自分の思い通りにならないことのほうが多い。努力しても、どうあがいても、どうにもならないこともあります。でも、それでも、自分の人生を投げてはいけない。いかなる理由があろうと、あなたは罪を犯してはいけなかった」

声を震わせて、博人は言った。

「お前になにがわかるんだよ……許さない」

憎しみに燃える博人の目から、坂間は目をそらさない。

「許さなくていい。あなたの苦しみ、憤りを受け止めます」

「……」

「そして願っています。いつかあなたが、あなたたちが手を取り合い、前を向いて生きていけることを。逆境を跳ね返し、努力して自分の人生を切り開いていけることを」

「……」

「そして、つらい経験があったからこそ今があると、いつかそう思える日が来ることを、心から願っています」

ふたたび博人の目から涙があふれた。

先ほどとは違い、怒りを鎮め、傷ついた心を癒していく涙だった——。


法廷から刑事部に戻った浜谷は思わず声を漏らした。

「キツすぎる」

デスクに突っ伏す浜谷に糸子がボソッと言う。「坂間さんが真実を明らかにしたことで、あの三人さらに不幸になるんじゃないですか」

「そうやって、いつも思ったことズバッと言わないの」と川添がたしなめる。

「だって、あの子たちのこと考えると……やるせないですよ」

誰もいない法廷にぼんやりと佇む坂間に、みちおがやさしく声をかける。

「自分を裁くことにこれだけ苦しんでくれた人がいる。それが少年にとっては救いになったはずだよ」

「……」

「冷静に、客観的に、そして誰よりも被告人のことを考えていた。坂間さんにしかできない裁判だったよ」

みちおは坂間の肩を軽く叩き、法廷を出ていく。

ひとりになった瞬間、堰を切ったようにこらえていた感情が涙となってあふれた。顔を覆い、しゃがみ込んで、坂間は泣いた。

法廷前の廊下に立つみちおに、「法廷の掃除を」と若葉クリーニングの女性清掃員が声をかける。

「ここは、あとでお願いします」

「はい」

清掃員が去り、みちおはふたたび法廷の扉を背にした。

扉の向こうからくぐもった泣き声がかすかに響いてくる。

そば処「いしくら」で、絵真と駒沢が向かい合っている。

「今回の裁判、姉ちゃんに裁判長を勧めたのは入間さんだって聞きました」

石倉が置いた茶をすすり、「ええ」と駒沢がうなずく。「坂間さんといると入間君にとっても気づかされることが多いのかもしれませんね」

「姉ちゃんを認めてるってことですか」

「きっと『イチケイのカラス』になれると思っているはずです」

「カラス？」

「入間君が弁護士を辞めて裁判官を志したとき、ワタリガラスの創世神話を話していたことがあるんですよ」

「知ってます、それ！」

「あら」

「神話のなかのカラスは気まぐれに世界を創ってたりする。ただその知恵を駆使して、自ら人間に光や火や水を与えたりもする。神様や英雄のような存在じゃないけど、何者にも束縛されない個性的で自由の象徴――」

「入間君と坂間さん、化学反応でなにが生まれるのか……楽しみですよ」

駒沢の言葉を、絵真がうれしそうに聞いている。

「オセロの続き、やりに来ました」

エスカレーターを降りてきた稲垣に、みちおは声をかけた。

夜だけに稲垣の勤める大手ファームの入ったオフィスビルのロビーは閑散としており、声がよく響く。

「今度は白を黒にひっくり返しにね」

隣に立つみちおと同年代の女性、青山瑞希が稲垣に小さく会釈する。

「弁護士の青山です。面白くなりそうですね。私も大好きなんですよ、マネー」

そう言って、不敵に笑った。

日曜日。

店員に案内されたテーブルを見て、坂間は足を止めた。席にはすでにみちおがいて、オレンジジュースを飲んでいるのだ。

「なんで入間さんがいるんですか」

「なんでって……」とみちおも少し驚いたように坂間を見る。「絵真ちゃんに東京を離れる前にご飯でもって誘われて」

「私もですが」

そのとき、坂間のスマホが震えた。見ると絵真からのメッセージが着信していた。

『お似合いだって思うよ、姉ちゃん。私からのプレゼントやけん』

「……なに考えてんだか、あの子」

仕方なく席に着く坂間にみちおが言った。

「東京ドリームランド、刑事裁判では無罪が確定したけど、民事で損害賠償請求を出せるんじゃないかって昔の弁護士仲間が動いてくれてる」

「えっ!?」

「彼女はね、凄腕(すごうで)なんだよ。管理責任者の門田さんを味方につけたし、マネーがっつりふんだくるって。もちろん未希ちゃんの手術費もね」

「よかった」と坂間は笑顔になる。

そんな坂間を、みちおはじっと見つめる。

ふたりの間の空気が微妙に変化していく。

みちおは坂間の顔に目を据えたまま、言った。

「なんかさ……」

「……」

「イヤだな」

「なにがですか」

「デートみたいで、すっごくイヤだ」

たしかに周りにはカップルしかいない。

「それはこっちのセリフです！」

「坂間さんの会話、八割説教だから」

「それは入間さんだからです。あなたといるからこうなるんです！　つまり言い換えれば、あなたの言動の八割が――」

「すいません、いいですか」とみちおが店員に向かって手を挙げる。

「私の話、聞いてますか？」

無視してみちおはスイーツのメニューを手に取る。

そのとき、店の前を石倉が通りがかった。向かい合って座っている坂間とみちおをガラス壁越しに見て、絶句する。

「なんでふたりが……」

ふたりは言い争っているのだが、みちおが笑いながら相手をしているので石倉には楽しげな会話に見える。

「まさか……」

5

「おはよう」と出勤してきたみちおがソファの上のヘビに気づき、「うわっ!?」と悲鳴を上げた。ダッシュでファイル棚の裏に隠れる。

「それ、ニセモノですよ」とニヤニヤしながら川添が教える。

「私を驚かせようと、うちの子がカバンに忍ばせたんです」と浜谷もニヤニヤ。

「なんだ、びっくりした……」

コーヒーを手にした坂間が笑いをこらえながらデスクに戻っていく。

「あ、坂間さん今、僕の顔見て失笑したよね」

無視して、坂間は川添に声をかけた。「単独事件の起訴状を」

「絶対、失笑したよね。なんかムカつくなぁ」

「先ほど私も同じ状況で、その対象年齢六歳のイタズラのヘビを見ましたが一ミリも驚きませんでした。大の大人が声に出してまで驚くことに、軽く驚いたまでです」

「じゃあ、今度『うわっ』と言わせるから。対象年齢六歳のイタズラで」

ムキになって言い返すみちおに石倉がボソッと言った。

「喧嘩するほど仲がいい」

「？」と見返すふたりに、石倉は言った。

「僕、見ちゃったんですよ。ふたりがお洒落なレストランで食事しているところを。まさか内緒で交際しているとか」

「は？」

川添、浜谷、糸子が「えっ」と驚く。

みちおと顔を見合わせ、坂間が言った。

「なに言ってるんですか。誤解です。妹との行き違いから入間さんと食事する羽目に」

「僕と坂間さんが？」とみちおは腹を抱えて笑い出した。「ないないないないない。坂間さんだよ。会話の九割説教だよ。ないないない」

「以前より一割増えていますが」

みちおは坂間の顔を見て、笑いが止まらなくなる。

「ダメだ。お腹痛い」

坂間はムッとして言い返す。「こっちこそ、お腹がよじれるほど痛い。ハハハハハ」

「このふたりだけはあり得ないでしょ」と言いながら、「はい、これ石倉君の」と川添が石倉に起訴状を渡す。

「ダメだ。ツボにハマっちゃった……僕と坂間さんって……」

まだ笑いつづけるみちおを眺め、坂間が言った。

「黙らせてもいいですか」

川添、浜谷、糸子が同時に答える。「異議なし」

「えいっ」と坂間がみちおの腕をひねり上げる。

「あっ、痛ッッッ」

そのとき、起訴状に目を通していた石倉が「ええっ」と大きな声を上げた。

みちおを組み伏せたまま坂間が尋ねる。

「どうしました？」


会議室に一同が移動し、起訴状を精査している。顔を上げ、駒沢が言った。

「バレエ団で起こった傷害事件ですか」

「ええ」とうなずき、坂間が事件の概要を説明していく。「被告人はバレエ団の経営者で振付師の槇原楓。五十一歳。被害者はそのバレエ団の元トレーナーである矢口雅也。三十八歳。ふたりは口論からつかみ合いになり、切平橋で相手を突き飛ばした。被害者は一命は取りとめたものの現在も意識不明の重体です」

「で、このバレエ団に石倉君の知り合いがいるんです」

川添にうながされ、石倉が話しはじめる。

「中、高の同級生です。フランスのロワール国立バレエ団で日本で初めてプリンシパルに選ばれたバレリーナの馬場恭子さん。彼女は中学から親もとを離れて槇原さんのバレエ団の寮に入った。槇原さんに導かれ、才能を開花させたんです」

そんな恩師が傷害事件を起こし、逮捕された。この件でバレエ団自体の経営も危うくなるかもしれない。団の中心的存在である恭子の精神的負担はいかほどのものか……。

「……大丈夫かな、恭子ちゃん」

石倉のつぶやきに、「あれ、その感じ、もしかして」とみちおが反応する。「ただの同級生じゃないいね。初恋の人とか」

「！」

真っ赤になった石倉に、「図星だ」と川添が喜ぶ。

「え、今でも……？」

みちおに覗き込まれ、石倉は顔を背けた。

「心読むのやめてください、みちおさん。たしかに中学の頃からずっと片想いでしたけど、彼女とは住む世界が違うし、最近吹っ切りました」

「最近って……」と糸子は驚き、尋ねた。「石倉さん、もしかして誰とも付き合ったことないとか？」

「……はい」

会議室が微妙な空気に包まれる。

「石倉君……、まさかだよね」と川添がおそるおそるうかがうが、糸子は真っすぐど真ん中に投げ込んだ。

「え、童貞なんですか」

「ズバッと聞かないの」と浜谷が慌ててたしなめる。

「はい……」と石倉がうなずいたから、会議室の空気はさらに重くなる。

「恥ずかしいとは思ってません」

きっぱり言って、石倉は坂間に顔を向けた。

「……ダメですか」

「なぜ、私に聞くんです……？」

「とにかく」と駒沢が軌道修正を図る。「被告人の関係者に知り合いがいる場合、裁判官なら審理に加わるのを避けるべきですが、書記官の場合、選択の余地はありますよ」

「法廷で会っちゃったりして」

浜谷は軽い気持ちで言ったが、石倉は真剣に考え込む。

そんな石倉にみちおが言った。

「Yってるね」

「ワイってる?」

「甥っ子発案の新しい表現法。ほら、若者の間で独特の表現が流行るじゃない。『ぴえん』とか『KP』とか『好きピ』とか。擬態語や略語、文字を組み合わせたり、数字や英数字で表現したりするでしょ。『Yってる』も甥っ子が流行るって言うんだよね」

「響きはいい。入間ってる、坂間ってる、な感じで」

川添をにらみ、坂間がみちおに尋ねる。

「どういう意味ですか」

「アルファベットのYの形――右に行くか左に行くか、今まさに分岐点って意味。『昼飯Yってる』から『人生Yってる』まで使い方はいろいろ。あれ、ちょっといいと思った? 使っていいよ」

「結構です」

「Yってます、僕」とさっそく石倉が使う。

「もし公判に加わるなら、当然ですが中立的な立場から逸脱してはいけませんよ。大丈夫ですか、石倉君」と駒沢が釘を刺す。

「担当します」

石倉は覚悟を決め、裁判長を務める坂間に頭を下げた。

「千鶴さん、よろしくお願いします」


翌日。裁判所のロビーで「みちおを見守る会」の富樫が本日行われる裁判のリストをチェックしている。「午後一時からみちおは詐欺罪……食い逃げの公判か」

富樫の横では、同じく「みちおを見守る会」の女子ふたり、ハンドルネーム「ユメッチ」と「カナデ」がどの裁判を傍聴すべきが真剣に吟味している。

「午後二時から坂間千鶴のバレエ団の傷害事件」

「みちおからの坂間千鶴コースで行こう」

本日のメニューを決めた三人は、意気揚々と法廷へと向かった。


槇原エラーブルバレエ団傷害事件第一回公判——。

法廷に入り、傍聴席の通路を歩いていた恭子は書記官席の石倉に目を留め、「えっ!?」と声を漏らした。

「文ちゃん……」

石倉も恭子に気がついた。

一瞬で時が巻き戻り、恭子と過ごした学生時代の日々が脳裏によみがえっていく。

彼女が屋上で踊るのをいつも見ていた。青空の下で踊る彼女は、自由な鳥のようだった。ただただ見惚れるしかなかった。

高校の卒業式の日、誰もいない教室でふたりきりになったときは、彼女への思いを告白しようと思った。彼女は海外留学が決まっていたから、長いお別れになる。

「頑張ってくる」と微笑む彼女に、言った。

「恭子ちゃん、僕……ずっと……」

でも、最後の勇気が出なかった。

「……応援しているから」

口からこぼれたのは、そんな言葉だった。

おずおずと差し出した手を、彼女はしっかりと握ってくれた——。

坂間が入廷し、石倉は現実に引き戻される。

「起立」

坂間が裁判長席に座ったとき、みちおが傍聴席に入ってきた。

「！……なんで、みちおさんが……？」

坂間も不審そうにみちおを見つめる。

「被告人・槇原楓が経営するバレエ団に、被害者・矢口雅也はトレーナーとして在籍。しかし一年前、被害者・矢口雅也は複数の女性ダンサーにセクハラを行い、被告人の槇原楓が解雇した。被害者は就職先を失い、一方的に被告人に恨みを抱いた。事件当日、復職を迫った被害者と口論。激高した被害者が襲いかかり、被告人が抵抗して相手を突き飛ばし、階段から転落して頭を打った。被害者は一命を取りとめたものの、意識不明で回復は厳しい状況です」

冒頭陳述を終え、井出が着席する。

ふと坂間が傍聴席を見ると、みちおが隣の席の女性傍聴人となにやらヒソヒソ話している。相手は「みちおを見守る会」のメンバーだ。

「そこの傍聴人、発言するなら退廷を命じますよ」

ユメッチからスケッチブックを借りたみちおは、なにやら書きはじめた。書き終え、それを裁判長席に向かってかかげる。

『さっき、食い逃げの公判やったんだよ』

「は？」

　みちおは坂間に二枚目を見せる。

『食い逃げとバレエ団』

　さらに三枚目。

『二つの裁判、一つにくっつけたいんだよ』

「!?」

　なにを言っている、入間みちお――。

　ニコッと笑いかけるみちおを、坂間はにらみつけた。

＊

　坂間と石倉が法廷を出ると、みちおが待ちかまえていた。

「ひどいな、退廷させるなんて」

「当然です。くっつけるってなに言ってるんですか」

「だから、二つを一つにして――」

　皆まで言わせず、「却下(きゃっか)します」と坂間は冷たい。

「話ぐらい聞いてよ」

そのとき、

「文ちゃん」と少し離れた場所から恭子が声をかけてきた。

石倉が恭子のところに駆けていく。

興味津々でついていこうとするみちおの首根っこをつかみ、坂間が引き戻す。

「いいでしょう。話ぐらいは聞きましょう」

やってきた石倉に、恭子が微笑む。

「驚いた。法廷に文ちゃんいて」

「……恭子ちゃん、大丈夫？」

「落ち込んでる暇なんてない。頑張って、みんな引っ張っていかないと。ね、文ちゃん」

あの頃と変わらぬ真っすぐな瞳に見つめられ、石倉は動揺してしまう。

「弁護士の先生が、刑は二年ぐらいで執行猶予がつくはずだって。間違いない？　槇原さん、刑務所入らなくて済む？」

「……ごめん。立場的にそういうの言えないんだ」

「……そう」

うつむく恭子を、石倉は心配そうに見つめる。

「併合審理⁉　食い逃げと傷害事件を？」

会議室に集まった一同にみちおが提案すると、浜谷が素っ頓狂な声を上げた。

「併合審理って……」とイマイチわかっていない糸子に、駒沢が説明する。

「二つの裁判を一つにする。振り込め詐欺や贈収賄事件など別々の事件であっても犯人が共通していたりする場合、まとめて審理するんです」

「しかし今回のようなケースの併合審理……ないないない、今まで一度もないですよ！」

川添はあきれるが、みちおはニコニコ笑っている。

「そのうれしそうな顔！　前例がないからワクワクが止まらない、ですか」

「うん」と素直に坂間にうなずく。

「うんじゃない！　私にとってあなたの存在がもはやイタズラグッズです」

坂間が深いため息をついたとき、石倉が会議室に上がってきた。

「すみません、遅れて。みちおさん、説明をお願いします」

「じゃあ、川添さんから」

川添が案件資料を見ながら事件の概要を話していく。

「食い逃げ事件の被告人は、日雇い労働者の元木次郎。五十八歳。食い逃げによる詐欺罪の前科が二度あって、今回は手堅い勝負だと踏んだギャンブルで大損。腹いせに最高級の寿司を十万円近く食べて、トイレに行くふりをして裏口から逃げた。そのタイミングで離婚してもう何年も会っていない娘から突然の電話があった。結婚することになったので式に出てほしいと」

「人生のY」とみちおが口をはさむ。「結婚式に出られるかどうかの分岐点。彼は食い逃げしたことを後悔した。そして決意した」

川添が続ける。「寿司屋に支払うお金を前借りしようと、元木被告人は職場の親方のもとに走った。しかし、相手は不在だった。途方に暮れていたところを交番警察官に見つかり、逮捕となった」

「返済意思があったと被告人は主張しているんですね」と駒沢がみちおに尋ねる。

「それを証明できるかもしれないことが一つだけあるんです。元木被告人は親方の家付近の遊歩道から橋の上で男性と女性が言い争っているのを見たと言っている」

「もしかして、それって……」

「そう」とみちおが坂間にうなずく。「バレエ団の傷害事件が起きた現場」

ようやく二つの事件が重なった。

「つまり、同じ時間、同じエリアで起きた二つの事件」

「しかし彼はこう主張している。男性ひとりと女性ふたりが揉めていたと」

「!?」

「犯行現場にもうひとり女性がいた？　起訴事実とは違いますね。見間違いですよ」と即座に否定する石倉にみちおが言う。

「決めつけるのはどうかな」

「いずれにせよ別々に審理すべきです」と坂間も異を唱える。「併合すれば関係ない審理に付き合わなければならず、時間がかかります」

「私も反対ですよ。調書作るのも神経使うし、超絶面倒を被るのが書記官です」

「関係者が二倍になれば、そのスケジュール調整だって二倍大変」

「差し支えの雨あられ」

川添、浜谷、糸子と書記官チームがこぞって反対に回り、みちおは分が悪い。

「たしかに時間がかかるよね。超絶面倒だよね」とうなずきつつ、「でもそれはこっち側の都合だよね」とみちおは反論する。「見えていなかったことが見えてくるかもしれない。やれることはやるべきじゃないかな」

「併合しなくても真実を明らかにできます」と坂間は譲らない。

「部長。こんな併合審理をやろうものなら最高裁から確実に呼び出しを食らいますよ」

川添は駒沢に救いを求める。しかし、駒沢の判断はＧＯだった。

「呼び出し上等。ただし、やるからには二つの事件に正しい判断を下せるよう、導かなくてはいけませんよ、入間君」

みちおは自信ありげに微笑んだ。


翌日。駒沢が用事を終え、最高裁判所のホールに出ると、外から戻ってきた日高と出くわした。

「聞いたわよ、常識はずれの併合審理」と日高が話しかけてくる。

「刑事局にて事情説明です」と駒沢は苦笑する。

「詐欺事件とバレエ界の傷害事件よね。バレエねえ」

含みのある言い方に駒沢はあらためて日高を見た。彼女はバレリーナのように姿勢がいい。もしかしたら経験者かもしれない。

「お詳しいんですか」

「全然」

「私のほうも聞きましたよ、噂」

「……」

「日本初、女性の最高裁判所長官が政府で検討されているとか」

「問題のある部署は徹底的に改善していくから、覚悟しておいてね」

「楽しみですね」

「?……」

「司法の、まさにトップのお手並みをね」

交錯(こうさく)したふたりの視線に火花が散る。


併合審理の準備で書記官チームがバタバタするなか、石倉はタブレットでネットニュースを見ていた。恭子が国際的なバレエイベント『アヴァン国際バレエフェスティバル』で主演に抜擢(ばってき)されたことが報じられているのだ。

「なに、やっぱり気になるとか」と浜谷が声をかける。

「……」

石倉は思いつめたような表情で、前を通りがかった坂間に言った。

「千鶴さん……僕……恭子ちゃん、大変なときだし、審理が終わったら僕にできることがあればと……だから、ごめんなさい」

「意味がわかりません」と去っていこうとする坂間に、浜谷が言った。

「これにサインしてくれる」と資料を差し出す。受けとり、チラっと見ると、みちおが

「坂間さん」とみちおが立ち上がり、こちらにやってきた。

資料を読み終え、顔を上げるとふたたびみちおと目が合う。

「……」

みちおと目が合った。みちおはすぐに視線をそらす。

未決案件に目を通していると、なにやら視線を感じた。顔を上げると対面のデスクの

一笑に付すと坂間はデスクに戻った。

「はあ？　私と入間さんが？　二〇〇％あり得ません」

気になってるんじゃないかな」

糸子もニヤニヤしながら坂間に告げる。「入間さん自身も無意識かもしれないけど、

「入間さん」と浜谷はみちおに目をやる。みちおはデスクで資料を読んでいる。

「誰がですか」

「最近、見てるんですよね、坂間さんのこと」

「おふたりはなにを言っているんですか」

「ないないないは逆にあるあるある。やっぱりそうですよね」と糸子もうなずく。

「坂間さんはモテ期かも」

じっと自分を見ている。

その表情がなにやら真剣で、坂間は焦ってしまう。

なになに……？

＊

第二回公判――。

被告人席に並んで座る槇原と元木の姿に、傍聴席の「みちおを見守る会」の面々は興奮を隠せない。ペンが激しく動きはじめる。

『入間って前例のない併合審理！』『みちおの行動は予測不能』

法廷を見回し、裁判長席のみちおが口を開く。

「二つの事件の審理を単独で進めていましたが、両事件の真実を明らかにするには併合審理が欠かせないと判断しました。まずは詐欺事件について、元木被告人に返済意思があったかどうかを証明するために、正確な目撃証言が必要となります。弁護人」

「はい」と元木の弁護人の手塚大輔が立ち上がる。

手塚が五名の女性団員を法廷に招き入れた。

「元木被告人が見たという傷害事件の現場では、男性ひとりに女性ふたりが言い争っていたと。証言が正しければ槇原被告人同様、被害者と接点がある女性がもうひとりいたと推測できます。またその女性は被告人と同じくらいの身長で、ふたりとも髪が長かったと。そこで該当するバレエ団関係者に来ていただきました」

みちおが証言台の元木に尋ねる。

「元木被告人、どうですか。あなたが見た女性はこのなかにいますか？」

元木は五人の女性に順番に視線を走らせ、言った。

「いません」

わからないではなく、「いません」とはっきり答えた……被告人は自分の目撃したことにかなり自信を持っている。

坂間がなおも観察していると、元木は傍聴席のほうに視線を動かした。

「いや、いた。あの人です。若草色の服を着た人」

元木が指さしたのは、恭子だった。

「!?」

すかさず、「異議あり！」と槇原の弁護人の榎田真美が大きな声を発した。「彼女は目撃証言の対象外です。そもそも情状証人として来てもらっただけです」

異議を認めず、みちおは元木に確認する。

「間違いありませんか？」

「はい。俺、目だけはいいんです！」

馬場恭子が現場にいた——？

坂間は傍聴席の恭子を見つめる。動揺を隠しているのか、表情が硬い。

書記官席の石倉がボソッとつぶやく。

「あり得ない……」

続いて井出が反対尋問に立った。

「馬場恭子さんはたしかに槇原被告人と同程度の身長。事件当時、髪は長かったんですか」

槇原に確認し、榎田が「はい」と答える。

「なるほど、条件には一致しますね。では元木被告人、そのときの彼女の服装は？」

「一瞬だったから覚えていません」

「一瞬だったのに顔は覚えていたと？」

「どっかで見たことあるなって思ったから」

「どこかとは？」

「どこかはどこかですよ」

「視力はどのくらいありますか」

「俺、目だけはいいんです。大井競馬場で万馬券取ったとき、河野騎手が泣いてたのがスタンド席の後ろのほうからでもわかったよ」

「根拠になっていません。正確な視力は？」

「前に測ったときは一・五でした」

「前とは？」

「会社勤めしてた頃だから十五年前です」

「裁判長」と城島がみちおに言う。「明らかに目撃証言は信憑性に欠けます」

「待ってください。俺、見たんですよ。目だけはいいんですよ！」

「裁判所からもよろしいでしょうか」と駒沢が割って入った。「情状証人として在廷している馬場恭子さんの証人尋問を行いたいのですが、異議はありませんね」

検察と弁護人が同意し、恭子が証言台に呼ばれた。

「傷害事件が起こった十二月二十日午後九時十五分頃、あなたはなにをしていたか覚えていますか」

駒沢の問いに恭子が答える。

「レッスン場にいました。そこで事件が起きたと聞きました」

「それを証明できる人はいますか?」

「団員が見ていると思います」

お互いの証言が食い違っている……。

坂間の心のなかを読んだように、みちおが口を開いた。

「食い違う証言——それを検証する必要があります」

そして安定のこの流れ。来る——。

「来るのね。併合審理であっても」とため息まじりに川添がつぶやく。

石倉が振り返り、みちおを見た。みちおが見つめ返し、立ち上がった。

「職権を発動します。裁判所主導で二つの事件を併合的観点から調べ直します」

傍聴席のユメッチとカナデは歓喜し、ペンが勢いよく動きだす。

『職権発動♡』『入間ったら、最強!』

合議室へと向かいながら、石倉がつぶやく。

「職権を発動に抗議したいけど、うまくロジカルに言えない」

坂間がおもむろに語りはじめる。

「矛盾する証言――どちらかが嘘をついていることになる。馬場恭子は事件発生時刻、バレエ団にいたと明言しています。団員に聞けば、その裏が取れます。いっぽう、元木被告人の主張は一瞬見たというあやふやな証言です――現時点で信憑性が高いのは馬場恭子の主張です」

「そうです！」

合議室に入り、坂間は続けた。

「しかし、検証は必要だと思います」

「えっ」

「元木被告人ははっきりと馬場恭子だと認識した。普通なら迷うはずなのに……。私はそれが気になります」

「たしかに念のために検証したほうがいいかもしれません」と井出もうなずく。

「というか、そうしないとおたくの裁判長、納得しないだろ」と城島はあきらめ顔だ。

諭すように駒沢が石倉に言った。「たしかに元木被告人の目撃証言の信憑性は低いですが、嘘をつく理由が見当たらないんですよ」

「でも彼女にも嘘をつく理由がないです――」

「石倉君」とみちおが顔を向けた。「それはこの審理に携わる書記官の立場から言ってるの？　それとも、恭子ちゃん大好き石倉君の立場から？」

石倉は自分の気持ちをあらためて考える。

「弁護人のご意見は？」

駒沢に問われ、「しかるべく」と手塚と榎田がうなずく。

気持ちに整理がつかず、戸惑う石倉を、みちおがじっと見つめている。


翌日、現場の切平橋付近の遊歩道に一同が集まった。

元木の目撃地点にみちおと井出が陣取り、バレエ団が揉めていた橋の上には坂間、川添、手塚が立つ。みちおは『元木次郎』、川添は『槇原楓』、坂間は『馬場恭子』と記された名札を首からさげている。

「元木被告人は、ここからあそこで言い争っているのを一瞬見た……」

井出はバレエ団チームのほうに目をやる。みちおはスマホを耳に当て、坂間と話している。

「今は坂間さんってわかるけど、夜になったら見えるかな」

「元木被告人の虚偽の証言でしょうか」

「とりあえず、犯行時刻まで待ってみよう」

犯行時刻になると状況は一変した。

「だいぶ見えづらくなりましたが」

「……だね」とみちおが井出にうなずく。

坂間たちが合流し、井出がみちおをうかがう。

「どうしますか」

「もうちょっと粘ってみるから、みなさんはいいですよ」

「粘るって、いつまでですか」

「なにかわかるまで」

「はい、撤収！」と川添が呼びかける。「みなさん、お疲れさまでした！」

皆が去っていくと、みちおはベンチに座り、スマホを取り出した。『三分でわかる白鳥の湖』という動画があったので、それを見はじめる。

と、誰かが隣に座った。顔を上げると、坂間だった。

「付き合います」

「……」

「やれることはやらないと」

みちおはにっこり笑い、「これあげる」と菓子の袋を渡した。「新潟のふるさと納税でもらったパチパチ花火チョコ」

坂間は素直にそれを口に入れ、すぐに顔をしかめた。


いっぽう、駒沢、石倉、城島、榎田の四人は団員たちへの聞き込みのためバレエ団を訪れていた。ガラス越しにレッスン場が見下ろせる待合スペースで、踊る恭子にチラと目をやりながら、後輩団員の上田果歩が駒沢の質問に答えている。

「事件があった日の午後六時からずっと、恭子さん『白鳥の湖』のグレンフェッテを練習していました。回転のタイミングがうまくいかず、重点的にです」

「ありがとうございました」

果歩が去り、榎田はメモ帳を確認する。

「これで四人の証言が取れた。全員の証言が一致します」

駒沢は城島へと顔を向ける。「捜査のプロから見た感想は？」

「……気になるな」

「ええ、気になる」と駒沢もうなずいた。

「はい？」と榎田が怪訝な顔になる。

石倉は証言ではなく恭子が気になっていた。踊っている感じが、以前見ていたときとはどことなく違うのだ。無論、専門的なことはわからないから、そういうものなのかもしれないが、その違和感はひどく石倉の心をざわつかせた。

「石倉君」

駒沢に声をかけられ、ハッと我に返った。

「証言者を法廷に呼ぶ手続きを」

「わかりました」

ふたたび恭子に目を向けると、水を手にレッスン場を出ようとしている。

石倉はそのあとを追った。

ロビーのベンチに座った恭子は、なにかを水で飲み、うつむいた。歩み寄ってきた石倉に気づき、ビクッと顔を上げる。

「恭子ちゃん、大丈夫？　具合悪い？」

「ん？　どうして？」

「……」

「大丈夫だよ」と立ち上がると、恭子は華麗にターンを決め、微笑んだ。

「ほら？」

それでも石倉の違和感はぬぐえない。

恭子と別れると、石倉はバレエ団の事務所へと向かった。

仲よさげなカップルがイチャイチャしながら坂間の前を通りすぎていく。少しうらやましく思ったとき、みちおが肩に寄りかかってきた。

「!?」

耳もとでかすかな寝息が聞こえてくる。坂間は目だけを動かし、チラとみちおを見る。

なぜか心臓がバクバクしてきた。

ふいに橋のほうが明るくなった。坂間は思わず立ち上がり、支えを失ったみちおはベンチに頭を打ちつける。

「痛ッ」

「入間さん、あれ!」

橋を照らす光に向かって、ふたりは駆け出していく。

*

第三回公判——。

モニターに橋の上をいっせいに走るデコレーショントラックの姿が写し出されている。

「事件現場の近くではデコレーショントラック、いわゆるデコトラのイベントが月に一度、月末に行われていました。デコトラが橋の上を通ることで周囲が明るくなった。事件当時も同様の状況だったことがわかっています」

説明を終え、みちおが証言台に立つ元木に尋ねた。

「被告人が目撃したとき、デコトラを見ましたか」

「いや、明るかったのは確かですけど、デコトラは見てません」

元木の言葉に、坂間が心のなかでうなずく。

たしかに、あの位置からだと死角になってデコトラは見えなかった。現場の状況と証言に整合性がある。

「あ、それと思い出したんですよ。馬場恭子さんという女性、どこかで見たことあると思ってたら、国際文化センターにあったポスターです。前の現場で毎日通ってたんです。ポスターにあの人が大きく写っていた。うちの娘と同じ年頃……バレエやりたいって言ってたなって思って。とにかく印象に残ってて、だから気づいたんです」

「わかりました。次に駒沢裁判官の提案で、バレエ団員の証言を今一度確認させていただきたいと思います」

元木と入れ替わり、四人の団員たちが証言台に立つ。

「先日みなさんに、事件があった時刻に馬場恭子さんがレッスン場にいたかどうかをお聞きしました。では、その事件当日の午前中、彼女はなにをしていたかできるかぎり詳しく教えてください」

駒沢に聞かれ、四人は考え込んだ。思案のあとで出てきた答えは、「いつも通りレッスンしていたと思います」というような曖昧なものばかりだった。

「二か月前のことですから、はっきりとは覚えていませんか。馬場恭子さん、午前中は取材でレッスン場にはいませんでした」

駒沢の答えを聞いた四人は目を伏せた。駒沢は容赦なく続ける。

「しかし、事件が起きた時刻に関しては、みなさん全員詳細にわたって覚えていた。そして同じ証言でした」

皆が顔を見合わせ、代表して果歩が答える。

「事件を聞いた直後だったから、全員印象的に覚えていただけだと思います」

「……そうですか。わかりました」と駒沢は矛を収める。

彼女たちの証言は、完璧すぎるがゆえに作為的なものがあるのは否めない。

坂間の心証は、元木の証言のほうへと傾いていく。

公判が終了し、刑務官が元木と槇原を連行しようとやってきた。立ち上がりながら、元木が槇原に声をかけた。

「俺、余計なこと言ったのかな」

「え……」

「いや、なんかあんたも、あの子も無理してそうだからさ」

「……」

刑事部に戻り、駒沢が坂間に言った。

「併合審理だからこそ見えてきたものがありますね」

「まだ見えていない真実をどう見極めるかですね」

デスクに戻った石倉が公判中は切っていたスマホの電源を入れる。恭子からの留守電メッセージが届いていた。

『文ちゃん。この前、うちの過去の公演映像を借りたって聞いたけど、どうして？　会って話がしたい』

暗い顔でスマホをしまう石倉の様子を、みちおがひそかにうかがっている。

翌朝、検察からの連絡を受けた川添が、みちおと坂間に報告に来た。

「被害者の矢口雅也ですが、知り合いがトレーナーの仕事を紹介しようとしたら断っていたことがわかったそうです」

「え、でも仕事が見つからないから復職を求めて、槇原被告人と揉めていたはずでは」

「被害者は羽振りがよかったみたいですよ」と川添が坂間に返す。

「揉めていた理由が違うのかもしれないね」

みちおが頬杖(ほおづえ)をつき、考えはじめる。

そこに糸子がやってきた。

「石倉さん、今日風邪気味なので休むって」

「いや、やること山積みなのに困るよお」と川添はあからさまに顔をしかめたが、みちおはかすかに笑みを浮かべた。


レッスン場でひとり踊る恭子を、入口に佇(たたず)み、石倉がじっと見つめている。

鏡に映ったその姿に気づき、恭子が振り向いた。

「文ちゃん……」

石倉は恭子の前に立ち、言った。

「バレエを愛している——」

「え……」

「昔から恭子ちゃん、そう言ってたよね。今でも、バレエを愛しているの？」

「もちろん」

「……聞きたいことがある」


石倉が川沿いの道をうなだれて歩いていると、みちこの体をブラッシングしているみちおに気がついた。

「みちおさん……」

みちおが振り返り、言った。

「会ってきたんでしょ、馬場恭子に」

「！」

「やっぱりね」

そこに帰宅途中のイチケイチームが通りかかった。ふたりの姿に足を止める。

「なにかわかった？」

「……」

「Yってるでしょ、石倉君」

「……」

「書記官としての倫理違反を犯してでも大切な人を守りたい――。書記官として職務を全うしたい――。どっちも君の正直な気持ちだよ。だから迷って当然だよね」

「……」

「うーん……僕もYっちゃうな。君を説得すべきなのかどうか」

「え……」

思わずふたりのもとへ行きかける坂間の肩をつかみ、駒沢が首を振ってみせる。

みちおは話を続ける。

「なにが正しくて、なにが間違っているか……その答えは人それぞれ違うからね」

「……」

「でも、真実は一つ。法廷はそれを明らかにする場。そして僕たちは、人の人生の分岐点に立ち会う仕事をしているんだよね」

そう言って、「そっか……」とみちおはつぶやいた。

「だからこの仕事、僕好きなのかな」

みちこがみちおのほうへと顔を向けた。

「わかるの、みちこ？」

くしゃくしゃとみちこの頭を撫で、みちおは立ち上がった。

「どうするかは君が決めればいい」

みちおが立ち去っても、石倉はみちおの言葉を考えつづけた。

＊

第四回公判——。

法廷に石倉の姿はなく、代わりに浜谷が書記官席に着いている。

証言台に立つ槇原に井出が尋ねた。

「二十五年前、あなたはダンサーから振付師になり、バレエ団を立ち上げたんですよね」

「はい」

「そして五歳でバレエを始めた馬場恭子さんと出会い、彼女をスターにまで育て上げた。その馬場恭子さんがいるから、今のあなたのバレエ団は成り立っている。どのバレエ団でもスターが公演に出ないと採算がとれないそうですね。かつて馬場恭子さんがケガで公演が打てない時期、あなたのバレエ団は潰(つぶ)れかけましたよね」

「それがなんだって言うんですか」と槇原は気色(けしき)ばんだ。

「馬場恭子さんからすれば世界的なバレエフェスティバルに日本代表として出れば、さらに高みに行ける。しかし万が一にも犯行に関与していたら、出演はできない。同時に、あなたもスターを失うわけにはいかない。利害が一致した。だから偽証しているのではないですか」

「違います」

動揺を隠せない槇原に、城島が畳(たた)みかけていく。

「もし嘘をついているとなると、槇原被告人、あなたは偽証罪の教唆(きょうさ)。そしてバレエ団の人たちは偽証罪に問われることになるんですよ」

「……嘘はついていません」

槇原が絞り出すようにそう言ったとき、「裁判長」と元木が声を発した。

「証言したいことがあります」

坂間は驚き、被告人席の元木に目をやる。

元木被告人がなにを……？

「わかりました。証言台へ」

槇原と入れ替わり証言台に立つや、元木は言った。

「いや、実は俺、現場にいなかったんです。言い争ってるの見てないんです」

まさかの手のひら返しに法廷全体があ然となる。

「親方の家の近くで事件があったことを知って、これ使えるんじゃないかと。でも間違って話しちゃって、あとに引けない感じになって……なんかすみません」

みちお、坂間、駒沢の三人は顔を見合わせた。

「元木被告人、それは間違いありませんか。あなたの刑に関わることです」

駒沢が確認するが、元木はきっぱりとうなずいた。

「間違いありません。引っかき回して、すみません」

「裁判長！」と弁護人の手塚が慌てて立ち上がった。「元木被告人は明らかに混乱し、虚偽の発言をしています！」

「本当のことです。やっぱり嘘はよくないから」

浜谷がボソッとつぶやく。「いや、嘘はそっちでしょ」

「マズいですよ」と川添がチラっと裁判官たちを見上げる。

被告人が被告人の事情に同情した？

このままだと真実が明らかにできなくなる。

さあ、入間さん……と坂間がうかがったとき、みちおの声が法廷に響いた。

「ここで証人尋問を行います。東京地裁第三支部の書記官、石倉文太氏です」

驚きのあまり表情を失った恭子の脇を、石倉が証言台へと進んでいく。

「本人の希望で、この審理から外れて証言したいと申し出ました」

証言台に立ち、石倉が宣誓（せんせい）する。

みちおが石倉に尋ねた。

「あなたと馬場恭子さんは、中学高校の同級生ですね」

「はい。当初、この審理に加わるとき、中立的な立場から逸脱することなどないと思っていました。しかし彼女が犯行現場にいたかもしれないと知ったとき、自分でも情けないほど動揺しました」

みちおに向かって、石倉は正直な思いを吐露していく。

「僕が事件関係者なら、こんな書記官に法に関わってほしくない——そう思ったとき、自分のなすべき答えが出ました。僕は僕の職務を全うする」

力強い言葉に、川添と浜谷が微笑む。

「では、証言したい旨（むね）を話してください」

「二月二十一日、槙原エラーブルバレエ団のレッスン場で彼女と会いました。僕が気づいたことを黙っていてほしいと頼まれました」

「あなたが気づいたこととはなんですか」

「練習のあと、薬らしきものを服用していました。痛みに必死に耐えているように僕には見えた。気になって過去の公演映像を借りて見ました。公演では全然そんな様子はなく、完璧でした。ただ半年前、彼女が出ていない公演がありました。当日のリハーサルで左股関節に激痛が出て、急遽代役が立てられた」

恭子と槇原は観念したように、じっと石倉の話を聞いている。

「彼女が通っていた整形外科から話を聞きました。職権調査の補助的行為として、医師から事情を聴取しました」

「ただ、その行為で事案の真相が明らかにならなければ、問題に問われることを理解していますね」

「はい」

決然と返す石倉を恭子が見つめる。

「続けてください」

「医師の証言によると、公演の一週間前からとても踊れる状態ではなかったと。公になればチケット全額払い戻し、押さえていた会場のお金だけを払わなくてはならない。そんなことになったらバレエ団は潰れる。つまり公演当日まで意図的にその事実は伏せられていた。そのことが事件の背景にあるのではないかと」

「その事実を彼女は認めましたか」

「いいえ。ただ黙っていてほしいと」

「証言したいことはほかにありますか」

大きく一つ息を吐き、石倉は言った。

「法に関わる者としてではなく、個人的な立場から証言したいことがあります」

「どうぞ」

「先ほど検察官が述べたこと——槇原被告人と馬場恭子さんの利害が一致した——それは違うと思います」

「……」

「バレエを愛している——それが彼女の口癖でした。バレエが彼女の人生のすべて。でも今、そのバレエによって彼女は壊れかかっている」

「……」

「医師によれば、診断名は変形性股関節症。病状はもうかなり進行していて、常に鎮痛剤を飲みつづけている。でも、痛みは消えない。すでに生活にも支障が出はじめています。このままだといずれ人工関節にしなければ歩けなくなってしまうそうです」

槇原は思わず恭子を見た。そんなことはまったく知らされていなかったのだ。

恭子は強く唇を噛みしめ、じっと石倉を見据えている。

「彼女にとって槇原被告人は今の自分を生み出してくれた恩師。もう身体がボロボロで踊れないとは言えなかったんでしょう」

「……」

「誰かが止めないと、彼女は壊れるまで頑張りつづけます」

石倉の声が、死の舞踏に囚(とら)われたアルブレヒトの命乞(ご)いをするジゼルに重なり、恭子の頬に涙がつたっていく。

「どうか荷物を、彼女から重すぎる荷物を降ろさせてあげてください——以上です」

泣いている恭子を槇原はもう見ていられない。そんな槇原にみちおが尋ねる。

「槇原被告人、もう一度証言をしますか」

「……」

隣で元木がささやいた。

「頑張れ」

「え……」

元木は槇原にうなずいてみせる。

みちおは裁判長席へと戻り、槇原はふたたび証言台に立った。

「半年前の公演で、馬場恭子さんのケガを意図的に公演当日まで隠しました。そのことで私は矢口雅也さんに強請(ゆす)られていました。それに……あの人は、うちの子たちにセクハラをしただけじゃなく、恭子にまで手を出そうとした」――。

槇原があの日、なにが起こったかを語りはじめる。

橋の近くの道端に停めた車に矢口が恭子を連れ込もうとしているところに、槇原はどうにか追いついた。

「彼女を巻き込まないでって言ったでしょ！」とふたりの間に割って入る。

「払う金がないんなら、払えるもんで払ってもらうしかないだろ」と矢口はなおも恭子を車に押し込もうとする。

槇原は、彼女を守るために矢口を思い切り突き飛ばした。

矢口が倒れた隙(すき)に、恭子の手を取り逃げ出す。

しかし、橋の途中で追いつかれ、揉み合いになった。

恭子とふたり無我夢中で抵抗しているうちに、体勢を崩した矢口が後ろに倒れ、階段を転げ落ちていった。

頭から血を流し倒れている矢口に駆け寄り、恭子は救急車を呼ぼうとした。

「すぐに戻りなさい」

「でも——」

「でもじゃないでしょ！　あなたが捕まると、うちは潰れる」

「槇原さん」

「これからなのよ。これからなのに……！　終わらせるわけにはいかない。それに団員のみんなも踊る場所を失うのよ。行きなさい！」

恭子は弱々しく踵を返すと、その場から去っていった——。


「こうするしかなかった。ほかに選択肢なんてなかった。恭子には私のすべてを注いだ。自分の人生を懸けたんです」

血を吐くかのような槇原の独白に、法廷はしんと静まり返る。

みちおがゆっくりと法壇を降り、槇原に語りかけた。

「『白鳥の湖』のオデットは、悪魔に呪いをかけられて白鳥に姿を変える。そして呪いが解けず、最後命を絶つ。あなたは馬場恭子さんに踊りつづけるように、知らず知らずに呪いのようなものをかけていたのかもしれませんね」

「！……」

「ただし、『白鳥の湖』には別のラストもありますよね。呪いが解けて幸せになるハッピーエンドも——どちらになるかは、これからにかかっていると思いますよ」

未来を見据えるみちおの言葉は槇原だけではなく、被告人席の元木にも、そして傍聴席の恭子にも同じように強く響いていく。

裁判所を出た恭子が、石倉と並んで歩いている。

「文ちゃんのせいで、私、なにもなくなった」

「……ごめん」

「責任とってよ」

「え……」

戸惑(とまど)う石倉に、恭子は微笑む。

「冗談だよ」

「……」

「さようなら、文ちゃん」

石倉に背を向け、歩き出した恭子は、卒業式の日のことを思い出していた。

握手して別れ、校舎を出た私に向かって、教室の窓からあなたはずっと手を振ってくれていたよね。

私は手を振り返し、そして携帯にこんなメッセージを打ったんだよ。

『文ちゃん。あなたのことがずっと好きでした。もし文ちゃんも同じ気持ちなら』

そこまで打ったけど、なんだか恥ずかしくなっちゃって……。

結局、メールは送らなかった。

でも、あのときの気持ちは本当だった。

文ちゃん、ありがとう。

*

「馬場恭子が起訴されて、今度は槙原楓と馬場恭子の併合審理ですよ。ああ、抜け出せない。併合審理のループから」

作業に追われながら川添が嘆(なげ)いていると、坂間が刑事部に戻ってきた。

「昨日、被害者の矢口雅也の意識が戻ったそうですよ」

「よかった」と石倉が安堵する。これで恭子の罪が軽くなる。

「罪を認めていなかったら、間違いなく実刑。でも執行猶予の可能性も残されましたね」

駒沢にうなずき、みちおが言った。

「あの法廷がYだった。元木さんのように刑務所に行かず、更生できるかもね」

「石倉さんの真摯な証言があってこそです」と坂間が石倉に微笑む。

「証言台に立った書記官、前代未聞だよ」

苦笑しつつも川添も石倉を称え、浜谷も「やるときはやるって信じてたよ」と背中をポンと叩く。いい感じに和んだ空気を、糸子が凍らせた。

「あれ、みなさん、あいつダメだ。書記官の倫理違反犯すはずだって言ってましたよね」

「空気読むこと学ぼうね」

川添のひと言に、石倉が破顔した。

みちお、坂間、駒沢がデスクへと向かい、「よし」と石倉も仕事に戻ろうとしたとき、糸子が声をかけてきた。

「結局、石倉さんが好きなのはどっちなんです?」

「恭子ちゃんは一度目、千鶴さんは二度目の初恋なんです」

屈託なく答える石倉に、浜谷が言った。

「なにそれ。いろいろ迷ってる間に、ライバル出てきちゃった」

「え……」

書記官一同は裁判官デスクのほうを一斉に見た。

「やっぱりあるんですか、あのふたり」

「見てたらわかる」と浜谷が意味深に石倉に告げる。

みちおがデスクから坂間を見つめている。その視線を坂間も意識している。

みちおが書類を手に取り、坂間のデスクへと向かう。

「坂間さん、ここにサインを」と書類を差し出す。

「あ、はい……」

筆立てから無造作にボールペンを取り、坂間がサインしようとする。その様子をみちおが食い入るように見つめている。

「入間さん、そんなじっと見ないで……ください」

「うわっ」と坂間はペンを放り投げる。

照れながらペンをノックした瞬間、指先に衝撃が走った。

「よし！」とみちおはガッツポーズ。

「え……？」

「やっと、そのペン使ってくれた。それ、こっそりそこに忍ばせたピリピリペン。ピリピリしたでしょ。対象年齢六歳のイラズラグッズ」

心底あきれたような目を坂間がみちおに向ける。

「いや、君だって対象年齢六歳のイラズラで声に出して驚くことが、これで証明された」

一部始終を見ていた石倉たちは、無言でそれぞれの仕事に戻る。

「まさか、その瞬間を見逃さないように……じっと見ていたんですか？」

はしゃぐみちおに、坂間は心のなかで叫んだ。

ない。坂間みちおだけは絶対にあり得ない!!

最高裁事務総局の会議室で、日高が幹部たちから報告を受けている。

「政府から連絡がありました。次期最高裁判所長官に日高さんが正式に内定したと」

日高は大きく一つ息をつく。

「ようやく登りつめましたね」

「期待に応えられるように、全力で臨（のぞ）みます」

同じ頃、みちおはみちこを連れ、河原のベンチに座っていた。窃盗事件を報じるスマホのニュース記事を見ながら、みちおの記憶は十一年前へと飛ぶ。

「あらためて、殺害現場から立ち去った可能性が高い志摩総一郎氏の証人尋問を要請します」

弁護人のみちおの要求は、裁判長席に座る日高によって跳ね返された。

「本件とは関連性が薄いため、却下します」――。

志摩総一郎――ニュース記事にある被害者の名前を、みちおがじっと見つめる。

6

十年前——。

東京地裁本庁の階段を法服を着た日高が歩いている。

「日高さん」

下から声をかけられ振り向くと、入間みちおが立っていた。

「ご無沙汰しています」

「入間弁護士……」

「弁護士から裁判官になったんですよ、僕」とみちおは襟に手を当てた。八咫鏡をかたどり、中央に『裁』の文字を浮かしたバッジがついている。

「高松地裁からスタートです」

「……どうして裁判官に？」

「どうしてを全部やってみようと思って」

「は？」

「例えば『現場検証』——今まで何度申請しても断られた。日高さんにも」

「……」

「弁護士から見て、刑事裁判官に思った『どうして』、全部実践してみます」

挑発するようなみちおの視線を、日高は余裕で受け止める。

「楽しみね。あなたがどんな裁判官になるのか」

「一つお聞きしていいですか」

みちおはさらに挑戦的な目の色を強くした。

「あなたはどうして裁判官を志したんですか」

わずかな沈黙のあと、日高はみちおに言った。

その答えはとても耳触りのいい、理想にあふれたものだった。

しかし、みちおには空虚な、張りぼてのような言葉にしか聞こえなかった。

*

「最終回、ツーアウト。一点を争う局面、会心の一手だったたな」

興奮したみちおの声が、そば処「いしくら」の店内に響いている。ユニフォームの上にジャンパーを羽織った城島が不愉快そうに顔をひん曲げた。「隠し玉なんて卑怯だろ。

敬遠の球を打とうとするわ、どうして普通にプレーできないんだよ」

「それがみちおさんにとっての普通なんです」と石倉が返す。

「井出さんの『あっ⁉』って顔、最高だったなぁ」と川添が愉しげに笑い、みちおが
「あっ⁉」と顔マネしてみせる。

「やめてもらえます？」と井出が心底イヤそうに言った。

扉が開き、新たな客が入ってきた。

「おやおや、意外な来客ですね」と駒沢が迎える。やってきたのは坂間と日高だった。

「『女性裁判官の会』の集まりだったんでしょ」

「はい」と坂間が駒沢にうなずく。「日高さんの最高裁判所長官内定のお祝いです」

「盛大に祝ってもらったわ」

「もっと話ばしたくてご飯誘ったら、そばがよかって。だったら、石倉さんのところ。好いとっとです私、ここんそば」

「間接的告白……」と石倉が恥ずかしそうにうつむく。

「せっかくだし、よかったらご一緒に。どうぞ」

駒沢が自分たちのテーブルにふたりを招く。

みちおと目が合い、「私たちはふたりで」と坂間が遠慮しようとしたとき、「日高さ

ん」とみちおのほうから声をかけてきた。

「蝶の羽ばたきが嵐を起こすと思いますか」

「は？」

「甥っ子がそれを身近に起こしたって言うんです」

「入間さん恒例の甥っ子トーク」と笑いながら、浜谷がふたりのための席をつくる。仕方なく坂間と日高は皆と同じテーブルに着いた。

「バタフライ効果のことですか」と井出が言い、坂間が解説を買って出る。

「蝶が羽を動かすと空気中の微粒子が動き、それがほかの微粒子を動かし、さらに多くの微粒子を動かす。それはやがて地球の反対側の竜巻にまで影響を与える——些細なことがさまざまな要因を引き起こし、大きな出来事の引き金になるという考え方です」

みちおがうなずき、どういうことなのかを話していく。

「甥っ子がいつも笑顔で家族や周りの人に接してみたそうです。そうしたら周りにも波紋のようにニコニコが広がっていく。逆に自分がイライラしていると——」

「なにが言いたいの？」と日高が話をさえぎった。

「最高裁長官になれば、法曹界にどんな影響が広がっていくんですかね」

みちおに問われ、「いい影響、悪い影響、どちらだと？」と日高が尋ね返す。

険悪になりかける空気を察し、「入間さん」と坂間が割って入った。

「みちこの散歩行こう」

席を立ちながら、みちおがつぶやく。

「志摩総一郎」

日高が過敏に反応したのを見て、みちおは続けた。

「今度、彼が被害に遭った窃盗事件を担当するんです。十二年前の事件の波紋じゃないといいな」

店を出ていくみちおを見送る日高の表情は、さっきまでの晴れ晴れとしたものとは明らかに違っている。


第一回公判——。

井出の冒頭陳述を、被告人の岸田茂が余裕の笑みを浮かべながら聞いている。小柄なとっちゃん坊やという感じのルックスだが、妙にふてぶてしい。

「被告人・岸田茂はオメガ会計事務所、所長・志摩総一郎、五十八歳の自宅に忍び込み、金庫から現金百十三万円を窃取した。犯行後、自転車を窃取し、逃走を図ったものの、新聞配達員と自転車同士の接触事故を起こし、相手に顔を見られた。そして指名手配され、一週間後自首をしました。ちなみに被告人は前科六犯。いずれも窃盗罪です」

　証言台に立っても、岸田の飄々とした態度は変わらない。

「被告人は名門国立大学を卒業後、大手投資会社に就職したものの、わずか半年で退職。エリートから脱落して窃盗を――」

「聞き捨てならないですね」と井出の質問をいきなりさえぎる。

「は？」

「エリートから脱落して窃盗――その紋切り型な発想は全国の泥棒を敵に回しますよ。泥棒はとても魅力的な仕事です」

　あ然となる一同に向かって、岸田は理路整然と語りはじめる。

「はい、ポカンとなったみなさん、いいですか。石川五右衛門、鼠小僧、フィクションで言えばアルセーヌ・ルパン、ロビン・フッドなど有名な泥棒は数多く存在します。それはなぜか。そこには人を惹きつけてやまない圧倒的個性が存在するからです。ちなみに私はこの耳。どんな金庫でも開けられる『地獄耳の岸田』――いずれ歴史に名を残す。とにかく個性を生かすも殺すも基本をおろそかにしてはならない。地道な努力と言っても――」

「発言は控えなさい、被告人」と弁護人の奥山耕がその弁舌を止めた。

「控えますよ。そろそろツッコまれる空気、感じていました」

しかし、みちおは目を輝かせながら、「詳しく聞かせてください」と先をうながす。

「乗っかっちゃった……」と書記官席で石倉が愉しげにつぶやく。

「いいでしょう」と岸田はふたたび語り出した。「どんな泥棒にも欠かせないのは、一に分析、二に分析、三、四がなくて、五に分析。住人の生活パターン、家族構成、侵入経路の検証。そして、火曜日、金曜日のどちらかに実行する。月曜日は一週間が始まる緊張感がある。火曜日になると途端に気が抜ける。金曜日は、明日から休みだと思い緊張がゆるむ」

「なるほど」

「最後に大事なのはポリシー。美学と言ってもいい。私はお金が余っていると踏んだ家しか狙わない。そしてこれがなにより大事。人は絶対に傷つけない」

まるで講演でもしているかのように語ると、岸田はみちおへと顔を向けた。

「ほかに聞きたいことがあれば、どうぞ」

「今回の犯行後の逃走について」とみちおは話を聞きながら気になった点を尋ねた。「自転車で逃げるつもりなら、なぜ用意していなかったんですか」

「そこを突かれると自分で自分が情けない。一時の気のゆるみが仇(あだ)に。今後の反省材料にします」

石倉がボソッとツッコむ。「反省するところが違う」

「次回、新聞配達員の少年から話を聞きましょう」

飄々としていた岸田の表情が、かすかに変わる。

「裁判長、その必要がありますか」と奥山が疑義をはさむが、みちおは受けつけない。

「正しい裁判を行うために、必要だと考えます」


第二回公判——。

逃走中の岸田と自転車で衝突した少年、下山良太（しもやまりょうた）が証言台に立っている。

「自転車に乗ったあの人がやけにフラフラして、僕にぶつかってきたんです」

法廷という特殊な場で大人たちの視線にさらされ、緊張しながらも良太は懸命に当時のことを思い出す。

十字路を左折したところ、道の向こうからあの人の自転車がやってきた。避けようとしたのに、こっちのほうに突っ込んできたのだ。

自転車と一緒に転倒したので、「大丈夫ですか？」と声をかけた。「だ、大丈夫」と立ち上がったあの人は、カゴからカバンを取ると自転車をその場に放置したまま、走り去ってしまった――。

「重そうなカバンを自転車のカゴにのせていて、ハンドルが切れなかったんだと思います。ケガしてたし、念のために交番のお巡りさんに話したんです」

良太が話を終えると、今度は岸田が証言台に立った。

「重そうなカバンの中身はなんだったんですか」

みちおの問いに岸田が答える。

「泥棒におけるあらゆる道具です」

「あらゆる道具を詳しく教えてください」

「しつこい」と岸田が小声でつぶやく。

「今、しつこいって言いましたか」

「そっちも地獄耳？」

「こちらは周囲の防犯カメラで確認をとります」

「裁判長」と奥山が口をはさむ。「被告人は起訴内容を認めています。そこまでする必要がありますか」

「普通なら、そう思う。普通なら」と石倉がボソッとつぶやく。

「被告人は理路整然と話していますが、逃走時のことが一時の気のゆるみとあやふやなことを。それと、今回初めて自首している点も気になるんです」

「いや、でも検察官も必要ないと思いますよね」と奥山が井出に振る。

「今回、起訴をした検察官は別の者です。私は入間裁判長の公判を多く担当しています。これがいつも通りの審理です」

岸田が驚いたようにみちおを見た。

これが、いつも通り……?

*

いつも通りに見えて、いつも通りじゃない……。

公判の終わった法廷を覗(のぞ)くと、みちおがひとり残っていた。

岸田の窃盗事件の審理が始まってから、みちおの様子にどこか違和感を覚えていた坂間は思い切って声をかけた。

「いつも通りやろうと自制しているように見えます」

「ん?」とみちおが坂間を振り向く。

「私には入間みちお取扱説明書があります」

「え……」

はにかむみちおに「なにを照れてるんですか」とツッコみ、坂間は真顔を向けた。「詳しく話してください、十二年前の事件のこと。弁護士時代の最後の案件なんですよね」

しかし、みちおは黙ったままだ。坂間はさらに踏み込んだ。

「公判記録を見ました。被害者は大手電機メーカー『東丸電機』経営戦略部の部長・布施元治。四十五歳。被告人は研究部主任・仁科壮介。三十七歳。所属していた研究部門が解体され、工場の製造部門へと異動させられた。そのことで精神的に不安定な状態が続き、被害者と何度もトラブルを起こしていた。そして事件当日、口論から仁科壮介は工具で相手を殴りつけて殺害。逮捕されて罪を認めるも、公判では一転無罪を主張した――これが犯行内容です」

「僕が聞いた仁科さんの主張は違ったよ」とみちおは重い口を開いた。

「……」

「現場に来たときには、すでに布施さんは亡くなっていた。仁科さんは現場から走り去る男を見たと言った。無実を主張したけど、検察からの連日の厳しい取り調べで、やったと認めてしまった。僕はその男を徹底的に調べたよ」

それが志摩総一郎だった。しかし、志摩の証人尋問は日高によって却下された――。

「日高さんは、判決は間違えていないと私に明言しました」

「僕には『どうして』がいっぱい残った」

「……」

「どうして証人尋問を拒否したのか。どうして現場検証をさせてくれなかったのか」

無期懲役の判決を受け、果てない絶望のなか仁科荘介は獄中で自殺した。

『私は無実です』というひと言を書き残して。

「どうして僕は仁科さんを救えなかったのか――」

「……入間さんが証人尋問を要請した人物とは？」

「当時、国税庁の官僚だった志摩総一郎。その後、オメガ会計事務所に入って、現在は所長。その事務所が東丸電機の税理顧問を請け負っている」

「その志摩総一郎氏が今回被害に遭った人物だと」

「そう」

「まるで別の事件ですよね」

「まるで別の事件だよ」とみちおはうなずいた。「だから今は目の前の審理に集中したい。なのにさ、語らせないでよ」

「……」

そこに石倉が顔を出した。

「みちおさん、岸田の窃盗事件でおかしなことが」

「?……」

刑事部に戻ると駒沢が待っていた。石倉がみちおと坂間に説明していく。

「逃走経路には自治体が管理している防犯カメラが設置されていました。閲覧申請をしたら、僕たちより前に防犯カメラを見せてほしいと言っていた人物がいたそうです。名豊新聞の記者、真鍋伸。三十八歳」

「新聞社に連絡してみました」と石倉に代わり、駒沢が続ける。「そしたら数日前に誰かに突き飛ばされ、頭を強く打ち、脳に損傷を負って脳死状態だと」

「!?」

「犯人はわかっていないそうです」

「待ってください」と坂間が状況を整理する。「十二年前、犯行現場から立ち去った可能性のある志摩総一郎。その自宅から金銭が盗まれた窃盗事件。それを調べていた新聞記者が誰かに襲われた——?」

「ただの窃盗事件じゃないですよ、これ」と石倉もつぶやく。

「謎だらけだね。ただし、昔の事件は置いておこう」

冷静に告げるみちおに、「ええ」と駒沢もうなずく。

「いつも通り、目の前の案件に向き合いましょう」

「単独から合議事件に切り替えます」

坂間と駒沢がうなずいた。

「それと関係者に伝えてください」とみちおは石倉に顔を向け、言った。

「職権を発動します。裁判所主導であらためて捜査を行います」

やっと、いつもの入間さんが帰ってきた！

＊

岸田の逃走現場に一同が集まっている。

「これ見てください」とみちおがタブレットを皆に見せる。映し出されているのは岸田が被害者宅に盗みに入った際の防犯カメラ映像だ。

「岸田被告人の持っているカバン、軽そうでしょ」

たしかにカバンなどまるで気にせずに動いている。

「でも犯行後」とみちおは家を出ていく際の映像を再生させる。「明らかにカバン重たそうなんだよな。だから急遽、自転車を盗んで、逃走を図った」

「被告人が主張したような盗みに入る道具じゃない。なにかを盗んでカバンに入れた」

坂間の推測に城島が異を唱える。

「百十三万円以外、被害届出ていないだろ」

「とにかく盗んだモノの重さから見極めます」

駒沢が検察と弁護人に伝えたとき、石倉、浜谷、糸子が見知らぬ男性を連れてきた。

「こちら、民間の科学捜査研究所の方です」

ノートパソコンを手にした研究員が会釈し、「画像処理で被告人と実験対象者の特徴点を重ね合わせ、カバンの中身の重量を特定します」と説明する。

「対象者は被告人と体型が似てる人がいいんだって」

糸子の言葉に、一同の視線が川添に集まる。

「え、私？」

実験のため、一同は三か所に散った。

逃走のスタート地点、被害者宅前に浜谷、糸子、奥山。自転車を盗み、カバンをカゴに入れて走り出した地点に石倉、井出、城島。接触事故が起きた地点にみちお、坂間、駒沢の裁判官チームと研究員が陣取り、実験結果をチェックする。

携帯でみちおがスタート地点に指示を出す。

「まずは十キロから」

奥山が十キロのダンベルをカバンに入れる。

「よーい、ドン！」

浜谷の号令で、カバンを持った川添がスタートする。

中間ポイントで自転車のカゴにカバンを入れ、みちおらが待つゴールに向かって全力で漕いでいく。

ゴール！

みちおは検証画面の数値を見て、川添に言った。

「全然一致しない。やり直し」

「！……」

スタート地点に戻った川添に、みちおが携帯で告げる。

「思い切って三十キロ」

「キツい……」

「いい運動じゃない」と浜谷が笑い、「さっさとやる」と糸子が川添の背中を叩く。

三十キロのダンベルを入れたカバンを手に、川添がヨタヨタ走り出す。中間ポイントで自転車に乗り、ゴールを目指す。カバンの重みで自転車はフラフラと揺れる。

ゴール！

「一致しないな」

「！……」

半分の十五キロにしたが、またも一致しなかった。

川添はもう息も絶え絶えだ。しかし、裁判官チームは容赦しない。

「次は二十キロで」と駒沢が指示する。

青息吐息の川添が二十キロのカバンで同じ行程を繰り返し、ゴール地点でひっくり返った。パソコンを確認したみちおが、「おぉ！」とうれしそうな声を上げた。

「一致したよ！」

川添が心臓を指さし、口をパクパクさせている。

遠目にそれを見ながら石倉が通訳する。

「たぶん、殺す気かって言ってます」

道端でグロッキー状態の川添をよそに、ゴール地点に集まった一同が検証結果を話し合っている。

「カバンの中身は二十キロのなにかです」と坂間がみちおに言う。

「それがすべて現金だとしたら」

駒沢がすばやく計算する。「一万円は一グラム。二十キロなら二億円」

「いやいや二億って、まさかだろ」と城島は信じられないとばかりに首を振る。

「しかし、二十キロのなにかを盗まれて被害届が出ていないのは妙ですよ」と井出が城島に言う。「岸田は価値があるから盗んだはず」

「その妙なことを調べていたのかもしれませんね、新聞記者の真鍋さんは」

みちおの言葉に、皆がハッとした。


現場検証を終えたみちお、坂間、石倉の三人は真鍋が入院している病院を訪ねた。ベッドの上で生命維持装置につながれた夫の意識が戻るのを、かたわらに寄り添いずっと待ちつづける妻の智花（ともか）は、妊娠していた。

三人に向かって、智花がポツリポツリと語っていく。

「夫はもともとは国税庁の天下りについて調べていたそうです。会社の人の話だと、志摩総一郎という人は天下りのコーディネーターのような役割を担（にな）っていたとか」

「なぜ志摩総一郎氏が被害に遭った窃盗事件を調べていたかはわからないんですね」

坂間の問いに、「はい」と智花はうなずいた。「里帰り出産で故郷に戻っていたんです。夫が突き飛ばされた日の翌日、会いに来るはずでした」

そう言って、智花はベッドの真鍋に目をやる。

「名前もわからないんです……」

「?」

「生まれてくる子の名前も決めたって言ってたのに……」

智花の心中を思い、坂間は胸が痛くなる。

三人が病室を出たとき、みちおのスマホが震えた。駒沢の名前が表示されているのを見て、「部長からだ」と電話に出る。

「妙なことがわかりましたよ。今回の窃盗事件の捜査過程を警察に聞いたところ、大至急送検するように要請をした人物がいました」

スピーカー機能で話しているのだろう、声が井出に変わった。

「今回の取り調べを担当した小宮山明憲検事です」

横から城島がみちおに告げる。「出世する検事は特捜に三度行く。ヤツはすでに二度行った主任検事だ」

「次の公判までに小宮山検事の取り調べの録音、録画を証拠として請求してください」と駒沢が井出に指示する。

「わかりました」

三人に向かってみちおが言った。

「それと法廷に呼びたい人間がいるんです」

「誰を呼ぶんですか」と駒沢が尋ねる。

「もちろん、被害者の志摩総一郎です」

東京地検第三支部、小宮山の部屋を井出と城島が訪れている。駒沢の要求を伝えたのだが、「依頼の件は不見当だ」と取りつく島もない。

「どうして警察に早く送検するように言ったんですか」

せめて理由だけでもと井出が粘る。

「答える義務はない」

「答えろ」と城島が迫ったとき、「だから答える義務はない」と新たな顔が入ってきた。現れたのが次席検事の中森雅和だったから、ふたりは驚く。

「これはこれは次席検事。どうされたんでしょう」

「久しぶりに支部の視察ですよ、先輩」

中森の皮肉めいた物言いに、城島は腹のなかで舌打ちした。

「そうですか。お疲れさまです」

「井出伊織」と中森は井出へと顔を向けた。「君は期待されて第三支部に配属になった。しかし、九九・九％の有罪率が下がっているな」

「……申し訳ございません」

「城島先輩」とふたたび城島へと視線を移す。「自分が出世しなかったからといって、後輩の足引っ張ってませんか。先輩、お願いしますよ」

そう言って、中森は城島の肩を揉む。

「……はい」

「検察が起訴した証拠によって判断を下すのが裁判官の仕事だ。以後、地裁への捜査協力を禁止する」

「しかし」と反論しかけた井出を制し、城島は部屋を出ていく中森に頭を下げる。ならって頭を下げながら、井出は同席していた女性事務官が熱を帯びた視線を自分に送っていることを見逃さなかった。

＊

第三回公判——。

合議制に変わり、裁判長席にみちお、右陪席に駒沢、左陪席に坂間という布陣で公判が始まった。傍聴席には小宮山が陣取り、余計なことはするなよとでも言うように井出と城島ににらみを利かせている。

モニターに実験映像を流しながら、みちおがカバンのなかには二十キロの相当のなにかが入っていたという検証結果を証言台の岸田に指摘する。

「実はお金以外に倉田徳右衛門の木彫りを盗んだんです。ただ盗品専門の鑑定士に調べてもらったら精巧な模造品でした。だから破棄しました」

特に動揺することなく説明する岸田を、坂間がじっと観察する。

よどみなく明確に答えている。最初から想定していた？

「鑑定した人物を教えてください」と井出が尋ねる。

「仲間は売りませんよ」

「供述の信憑性が認められないかぎり、審理はいつまでも続けますよ」とみちおが岸田に警告する。

「無理に話すように強いるのは黙秘権の侵害ですね」

「黙秘してくださって構いません」

「え……」

「こっちでわかるまで調べます」

「いたずらに審理を長引かせるのはいかがなものですか。裁判官は処理件数を上げてなんぼでしょう」

書記官席で川添がボソッとつぶやく。「その通り」

「法律のことわかってる」と隣の石倉がボソッと返す。

「さっさと決めてください。私の刑ならおよそ二年六か月、実刑でしょ」

侵入窃盗で同種前科複数の場合、被害額百十三万円ならたしかに懲役二年六月が妥当な線。ただ、もし盗んだ額が二億円なら懲役八年ぐらいにまで変わる……。

「詳しいですね」

「常識です。バカにしないでもらいたい。エリート意識で人を見下す人間、ホント嫌いなんですよね。裁判長もどうせ、頭でっかちの東大とかでしょ」

みちおはチラと坂間をうかがう。

私を見るな、入間みちお。

「私は高校中退。最終学歴は中学卒業になります」

「は!?」

「裁判官だからエリート。それはあなたがお嫌いな紋切り型な発想ですよ」

見事に一本取られ、岸田は黙り込む。

「続いて、被害状況について生じた疑問のため、証人尋問を行います」

志摩総一郎が入廷し、証言台に立った。

さっそく井出が質問する。

「先ほどの被告人の供述は事実ですか」

「はい。たしかに模造品です。だから盗まれたことにも気がつきませんでした」

「どこで入手したものか教えていただけますか」

「さあ、どこだったか記憶にございません」

現時点で、彼が嘘をつく理由はないはず……。

「思い出したら教えてください。こちらは関係者からわかるまで聴取します」

みちおに言われ、志摩が返す。

「入間裁判長、あなたのことは覚えています。あなたはかつて弁護士だった」

岸田が興味を引かれたようにみちおに目をやる。

「証人、余計な発言は控えてください」と駒沢がさえぎる。しかし、「構いません。続けてください」とみちおは志摩に先をうながした。

「十二年前、殺人事件の公判で私を証人として法廷に呼び出そうとした。まるで容疑者のような扱いで。私に対して、固執するなにかがあるのでしょうか」

「……」

「最高裁に抗議書を提出します」

「意見があるなら、遠慮なくどうぞ」と臆することなくみちおは志摩に告げる。「正しい裁判を行うために、ほんの少しの疑念も残したくありませんから」

「……」

「今はかつての事件と本件に関係はありません。この窃盗事件の真実を明らかにする。そうでないと岸田被告人を正しく裁けないからです」

みちおを見つめる岸田の目に鋭さが増す。

「被告人について、裁判所でも調べました」

「え……」

「会社を辞めたのは移動販売のパン屋をやろうとしていたからだそうですね。でも失敗してしまい、それから窃盗をくり返すようになった」

「……なんでそんなこと調べてんだ」と岸田がボソッとつぶやく。

「真実を持って被告人と向き合いたい。それだけです」

「……」

空気を変えるべく、駒沢が口を開いた。

「検察にお願いした小宮山検事の取り調べの録音、録画はどうなっていますか」

城島が言いづらそうにもごもごと口を動かす。

「聞こえませんが」

「不見当です」

駒沢の顔からスッと表情が消えた。

見当たらないと書いて不見当——部長のもっとも嫌いな言葉だ。

ヒートアップしはじめた法廷の空気を敏感に嗅(か)ぎとり、「みちおを見守る会」の富樫のペンが激しく動きはじめる。

『異様な空気。ピリピリが伝わってくる』


公判を終え、合議室に入るなり、駒沢は城島にズイと顔を寄せた。

「怖いよ、お前」

「どこからの圧力？」

「黙秘する」

坂間がおもむろに口を開き、推測する。

「城島検事は非協力的で斜に構えているように見えて、一定の正義感を持っている。草野球ではチキンコールの野次を得意とする城島検事が完全にチキン状態。これは相当上からの圧力でしょう」

みちおがじっと城島を見つめ、言った。

「次長検事から圧力」

「!?」と目を見開く城島に、「図星」と川添。「目が合うと、心読まれるんですよ」

「次長検事――十二年前の仁科荘介の殺人事件、公判を担当した中森検事ですね」と駒沢が嘆息する。

「……検察のナンバー3。俺の後輩だ。ムカつくけど、逆らえるかよ。家のローン残ってんだよ。チキン状態だよ」と城島は悔しそうに白旗を上げ、井出が言い添える。

「表立って動いているのは小宮山検事。特捜時代からの中森検事の子飼いです。私たちは一切の捜査協力を禁止された」

事態の深刻さに一同が静まるなか、坂間が不服そうに言った。

「もし盗んだのが二億円だとしたら、刑は重くなる。被告人は絶対に口を割らないでしょう。私たちが捜査によって真実を導き出すしかない。それなのに捜査の要である検察が真実に協力しないって」

「いや、さすがにするでしょ。法の番人だもん」

みちおのプレッシャーに井出と城島は困ってしまう。

「私、遅れてきた筋肉痛に苦しんでるんです。無駄にする気ですか、私の努力を。勘弁してくださいよ」と川添も迫る。

そこに糸子が入ってきた。

「今、連絡があって……先ほど亡くなったそうです。真鍋伸さん」

大きなお腹を抱えた智花を思い出し、坂間は言葉を失った。


数日後、みちおと坂間、そして石倉は真鍋のマンションを訪れた。三人は遺影に手を合わせ、智花に向き合う。

「こんなときに所在尋問をお願いして、すみません」

頭を下げる坂間に、智花は小さく首を横に振った。「知りたいです。うちの人がなぜ死ななきゃいけなかったのか、知りたい」とお腹に手を当てる。

「今の審理の真実を明らかにするためにも、真鍋さんがなにを調べていたのかを知る必要があります」

坂間にうながされ、「事件の前、なにかおかしなことがなかったか……ですよね」と智花は記憶を探っていく。

ふと飾ってある写真に目を留め、みちおが尋ねた。

「釣り好きだったんですか、旦那さん」

「ああ、彼のお父さん漁師で、港町で育ったんです」

「まなべ丸」と記された船での釣行(ちょうこう)写真がいくつもあり、石倉が言った。

「すごいな。船持ってるんですか」

「彼のお父さんが残したものです。里帰りした私に会いにくるときは、自分で釣った魚をよく持ってきてくれました。全部、妊婦にとっていい魚だって」

「事件翌日に旦那さんが会いに来る予定だったと前に話してましたよね」

「あ、はい」と智花がみちおにうなずく。「もしかしたら事件の前、釣りに行っていたかもしれません」

なにかを考えながら、みちおはふたたび真鍋の写真に目をやった。

*

バッティングセンターのケージのなかで井出が快音を響かせている。隣で城島も思い切りバットを振るが、ボールはかすりもしない。

「ああ、クソッ」

大きな声を上げたとき、背後から声をかけられた。

「モヤモヤが止まらない感じですね」

振り返ると浜谷、糸子、川添のイチケイ書記官チームがいた。

「なんの用だ?」

「はい、井出さんの言葉から」

浜谷にうながされ、糸子が話しはじめる。

「亡くなった人は裁判で証言したくてもできない。その代弁者として、法廷に立ちたい

――第六十五期司法修習卒業生・井出伊織」

井出がハッと糸子を見る。手にしているのは司法修習時の卒業アルバムだ。

「なんで、そんなものを」

「じゃあ、次。城島さんの言葉」

浜谷にうながされ、今度は川添が別の卒業アルバムを開いた。

「起訴、不起訴を決める権限を、検察は組織ではなく検察官個人に与えている。……長いので要約すると、正義を実践したい——第三十六期司法修習生・城島怜治」

「……新手の嫌がらせか」

「自分の言葉が自分に一番響くでしょ」と浜谷が微笑み、「初心、ねじ曲がってますよ」と糸子がズバッと切り込む。

「ていうか、私たち素人が捜査の真似事しても回り道して仕事が増えるんですよ。ホント勘弁してください」

最後は川添の懇願だ。

「……帰るぞ」

ゲージを出て、立ち去ろうとする城島と井出に浜谷が言った。

「失望させないでください——」

ふたりの足が止まる。

「部長からの伝言です」

「……」

その夜。そば処「いしくら」にイチケイの面々が集まっている。真鍋が事件に遭う前に自分の船で釣りに行っていたことは釣り仲間への聞きとりで明らかになったが、それ以外の収穫はなかった。

捜査が行きづまり、「参りましたね」と駒沢がため息をつく。

そのとき、店の扉が開き、井出と城島が入ってきた。思わせぶりにみちおたちを一瞥し、離れたテーブルに座る。

「もり二つ、あと日本酒」

注文だけかい！とイチケイの面々がガクッとなる。

「一瞬期待させて、それはないよなぁ」と川添が恨み言をつぶやいたとき、やけに大きな声で井出が城島に話しかけた。

「小宮山検事の担当事務官から話を聞き出しましたよ」

「おう、どうだった？」

「なぜか窃盗犯の岸田の行方を警察より先に見つけ出そうとしてたんですよ」

「おいおい、それってつまり、もし二億円が志摩総一郎の自宅から盗まれたことが事実なら、公（おおやけ）になることを検察がイヤがったってことか」

ふたりのやりとりを聞きながら、坂間がみちおにささやく。

「ものすごい小芝居ですが」

「しばらく鑑賞しましょう。小芝居」

井出と城島は三文芝居を続ける。

「小宮山検事は岸田の交通機関のＩＣカードなどから、潜伏先は世田谷区の用賀あたりと見抜いたようです」

「となると、なにかしらの取引が行われたのかもしれないな。防犯カメラ映像をおさえて、被告人にぶつける手があるな」

「ええ」

「それにしても小宮山の事務官、よく情報を漏らしたな」

「食事に誘い、話を聞き出しました」

「あの子、お前に気があるだろ。やったろ」

「やってません！　ただ気があるように装っただけです」

聞き耳を立てていた糸子が思わず「最低」とつぶやく。

「ひどいな」と石倉も同意し、「あり得ない」と浜谷が断罪する。

「傷ついてるでしょうね、その子」

「男からの色仕掛け、ムカつくわ」

駒沢と川添までもが攻撃に加わり、井出はショックを隠せない。

「まあ井出さんが最低な事実より有益な事実がわかりました」

「さりげなく坂間さんも最低って言ったよね」とみちおがニヤニヤ顔を井出に向けた。

「はい、満場一致で最低決定」

「……情報が必要だと思ったんです」

肩を落とす井出にみんなが笑う。

「今の小芝居の件はこっちで調べてみましょう」

そう言うと、駒沢はみちおに尋ねた。

「入間君は実際に行ってみるんでしょ」

みちおはにっこりと笑みを返す。

背を向けたまま城島が駒沢に言った。

「真実を明らかにしろよ」

「もちろん」


真鍋の船がある港へとやってきたみちおは、さっそく釣りの準備にとりかかる。その様子を坂間と石倉があきれ顔で見ている。

「ほら、ふたりともせっかくだし、釣りしながら待とうよ。真鍋さんの釣り友、夕方まで帰ってこないんだしさ」

そう言って、みちおは海に向かって釣り竿を振った。

次の瞬間、服に針が引っかかり、「あっ」と坂間が声を上げる。

「坂間さんが釣れた」

「もう」と針を外す坂間を見ながら、石倉がつぶやく。

「僕も釣ってみたいです……」

たしかにやることもないので、坂間と石倉はみちおの隣に腰かけ、海に向かって釣り糸を垂らした。

「入間さん」

「ん?」とみちおが坂間に目を向ける。

「聞きたいことがあるんです。十二年前の事件のことで」

みちおは坂間から海へと視線を戻す。

「一度、遺族が再審請求をして却下されていますよね。そのときの代理人、入間さんじゃないのはどうしてですか」

「……解任されたんだよ、僕」

「え……」

みちおがそのままなにも言わないので、代わりに石倉が口を開く。

「みちおさんは悪くないです。僕、学生の頃、その審理を傍聴してるんです。仁科さんはみちおさんを信じ切っていた。絶対に救い出してくれるって」

「……」

「希望を見せてしまったんだと思います。志摩総一郎の存在を見つけたときに……。なのに証人尋問は認められず、有罪判決。裏切られた気持ちになったんだと思います」

「……いずれにせよ、僕は弁護人として無力だった」

「……」

糸に反応があり、みちおが竿を引き上げる。銀色の魚が海から身を躍(おど)らせてきた。

「おう、釣れた！　でっかいよ」

はしゃぐみちおを、坂間が見つめる。

日が落ちはじめ、バケツが魚でいっぱいになった頃、船着き場に真鍋の釣り仲間、戸(と)田啓次(だけいじ)の船が戻ってきた。

「伸、会いたかったと思います、生まれてくる子に」

三人に向き合おうと戸田はそう切り出した。「あいつ、なかなか子どもに恵まれず、やっとできたってずいぶんと喜んでいたから」

真鍋の無念を思い、三人は言葉もない。しばしの沈黙のあと坂間が尋ねた。

「真鍋さんが事件に遭った日、こちらで見かけたと聞いたんですが」

「ええ。船越しに話しました」

「なにか気づいたことありませんでしたか」と石倉が尋ねる。

思案する戸田を、「どんな些細なことでも構いませんから」とみちおがうながす。

「あ、いや」と思い出しながら戸田は言った。「なんでか、船板外してたんですよ」

「船板？」

「なにやってんだって聞いても、笑って答えなかったんですが」

ふたりと顔を見合わせ、坂間が尋ねた。

「真鍋さんの船は？」

「あれですよ」

礼を言って戸田と別れ、三人はその船へと乗り込んだ。

甲板の一部がわずかにズレている。みちおが手をかけ、船板を外す。その下に手帳とＵＳＢメモリが入ったビニール袋が隠されていた。

「!?」

いっぽう、川添、浜谷、糸子の三人は井出の情報をもとに防犯カメラ映像をチェックしていた。しかし、すべてを調べ尽くしても岸田の姿は見つからなかった。

ぐったりしていると駒沢が会議室に上がってきた。

「空振りですよ。どこにも岸田、映ってません」と疲労困憊の川添が駒沢にこぼす。

「部長、サボってなにやってたんですか」

恨めしげに言う浜谷に、「調べものをね」と駒沢が返す。

「？……」

「岸田被告人は前科六犯。資料によると潜伏先はいずれも廃屋。この地区で該当する場所は五つです。周囲の防犯カメラ映像を借りてきましたよ」

駒沢は段ボールいっぱいのＤＶＤをテーブルに置き、手を叩いた。

「さあ、あとひと頑張り！」

*

第四回公判――。

証言台に立った小宮山がモニターに映し出された防犯カメラ映像をにらみつけるように見つめている。傍聴席には志摩、そして智花の姿もある。

廃屋から出てきた岸田に四十がらみの男性が接触したところで、映像が止まった。

「私からよろしいでしょうか、小宮山検事」と駒沢が声を発した。

「……」

「岸田被告人が自首する前日、警察より先に潜伏先を特定し、接触していた人物がいました。彼をご存じですね」

駒沢から再度モニターへと視線を移し、小宮山は言った。

「元検察官で現在は弁護士の畠山君。かつての後輩です」

「ずいぶんと親しかったそうですね」

「ええ」

「公判中、彼は何度か岸田被告人を面会に訪れていることがわかりました。理由をご存じですか」

「いいえ。知りません」

坂間が理由を推測する。

証言に矛盾が生じないよう、仲介役として口裏を合わせていた……？

「あなたが岸田被告人を探し出そうとしていたことはわかっています」

小宮山がチラリと検察官席の井出と城島を見やる。ふたりは毅然と小宮山を見返した。

「あなたの指示で畠山さんは岸田被告人に接触したのではないですか」

「私は関知していません。話なら畠山君本人から聞いたらどうでしょうか」

「証人尋問を要請したとたん、姿を消しました」

書記官席で石倉がボソッとつぶやく。「証言者隠し……」

「相手が検察だと手ごわいな」と川添がボソッと返す。

「私から話せることはなにもありません」

感情を表に出すことなく小宮山が駒沢に言う。駒沢に代わり、みちおが返した。

「では被告人から聞きましょう。なにがあったのか、被告人本人が知っている」

証言台に立った岸田は、裁判長席を離れ目の前にやってきたみちおにギョッとした。

「え……、法壇から降りていいんですか」

「降りてしまう性分なんです」と微笑み、みちおは尋ねた。「岸田被告人。あなたが盗んだのは本当のところ二億円ではないんですか」

すぐに弁護人の奥山が「異議あり」と声を上げる。「憶測の域を出ていない発言です」

「はい。まずは憶測を伝えておこうと思って。異議を認めて質問を変えます」

みちおは岸田を覗き込むように見つめ、尋ねた。

「パン屋——それがあなたの本当にやりたいことではないんですか」

「……」

「まだチャレンジできるのではないですか」

「簡単に言いますね」

「要は決意の問題です。私も弁護士を辞めて裁判官を志したとき、ある決意をしました。正しい裁判を必ず行うと」

覚悟を見せつけるように、みちおは岸田を真っすぐ見据える。

「今回の窃盗事件——いくつかの事件とつながっている可能性が高くなりました」

「私には関係ない。私なりのポリシーがある。情に訴えても無駄ですよ」

「いえ。ポリシーに訴えるつもりです」

「は？」

「後ろを向いて話してください」

「後ろ？」

「後ろを向いて」ともう一度言われ、岸田は背後を振り返った。傍聴席の中央に座る女性と目が合った。彼女は自分の大きなお腹に手を添えている。

「窃盗事件について調べていた新聞記者の真鍋伸さん、彼の奥さんです。真鍋伸さんは亡くなられた」

「!?」

「あなたが起こした事件を調べていて、何者かに命を奪われた。人は絶対傷つけないというあなたのポリシー——でも、誰も傷つけない犯罪なんてないんです」

「!……」

「人はひとりじゃない。ひとりでは生きてはいけない。だからこそ自身の行動が知らず知らずのうちに周りに影響を及ぼす——いいことも悪いこともです」

岸田は智花の目から逃れるように、ふたたび前を向いた。

「自分が変わらないとなにも変わらない。私は法廷で真実を持って被告人と向き合う。それが被告人の変わるきっかけになるかもしれないと思うからです」

「……それがあなたのポリシーですか。青くさいですね」

「青くさいですよ。でも、正しい裁判を行うために譲れません」

「計十三回」

「?……」

「正しい裁判って、この審理ですでに十三回言いました。本当のことがわかるまで、審理を続ける――本気ですね」

「はい」

「入間みちお――名前を覚えちゃいました。入間裁判長は、私が自ら真実を語るかどうかちゃんと向き合ってくれているんでしょ」

「それが一番、いい。あなたのこれからに関わることですから」

大きく一つ息をつき、岸田は言った。

「分析し尽くした。それで導き出した結論――あなたはしつこい。とびっきりしつこい。あなたには勝てない」

「……」

「私が盗んだのは百十三万円じゃない……二億です」

岸田の告白に法廷が騒然となる。

ただ、小宮山だけはその能面のような無表情を崩そうとはしない。

「ターゲットの家に入ったとき、驚きました。金庫に現金で二億。ピンときました。これは表にできない金。盗んでも正式な被害届は出せない。でも一週間後、さっき防犯カメラに映っていた男が訪ねてきた。一千万円で私は買収された。これが真実です」

告白を終えると、岸田は智花を振り返り、深々と頭を下げた。

「すみませんでした……こんなことになるなんて、思いもしませんでした」

「……」

二億円はすでに返還。そして正直に話したことで、実刑は四年六月程度になるかもしれない。入間みちお——被告人のために被告人自ら罪と向き合わせた……。

あれだけふてぶてしい態度をとっていた岸田の豹変ぶりに、坂間は裁判官としてのみちおの手腕を認めざるを得ない。


みちおが裁判長席へと戻り、駒沢が審理を進める。

「先ほどの被告人の供述に関することで、ここで提示したい証拠があります。弁護人」

うながされ、奥山が立ち上がった。

「本件について調べていた記者の真鍋伸さんが隠し持っていたデータが見つかりました。モニターに表示します」

映し出されたのは数字が羅列された帳簿の画像だった。画面を見た志摩の目が驚愕に見開かれる。奥山が法廷の全員に聞こえるようにしっかりと告げる。

「志摩総一郎さんの会計事務所が担当する大手企業数社の裏帳簿です。精査したところ、これは売り上げと利益を少なく見せかける逆粉飾決算。法人税法違反の脱税行為です」

法廷がざわつくなか、駒沢が厳然たる口調で言った。

「国税庁ＯＢが税理士を務める企業には、一説に税務調査が入りにくいと言われていますね。言うならば国税庁が黙認した脱税の可能性もあります。被告人が供述した志摩総一郎氏の自宅にあった二億円は、企業からの見返りの金銭かどうか……今後の捜査の過程で明らかになるでしょう」

みちおと坂間、そして石倉と川添が強いまなざしで前を見据える。

圧力に屈して、真実を追い求めることをあきらめることなど決してない。

正しい裁判を行うことは、イチケイの皆にとって譲れないことなのだ。

そんな彼らを「みちおを見守る会」の富樫が誇らしげに見つめ、スケッチブックにペンを走らせる。

『窃盗事件から社会派的な驚きの展開！』『みちお＆イチケイ、巨悪を暴く!!』

憤然（ふんぜん）と席を立ち、志摩は法廷を出た。

しかし、すぐにその足は止まった。廊下で数名の刑事に取り囲まれたのだ。

「志摩総一郎さん。おうかがいしたいことがありますので、ご同行願えますでしょうか」

「！……」


閉廷し、傍聴人が去ったなか、智花がひとり席に残っている。みちおと一緒に歩み寄り「ご主人の所持品を返却します」と坂間が智花に手帳を渡した。

愛(いと)おしげに手帳を両手に包んだ智花に、告げる。

「最後のページを見てください」

「え……」

ページを開いた智花の、その目に涙がにじんでいく。

いくつもの男児の名前が記されるなか、『直輝(なおき)』のところに丸がつけられている。

「真っすぐ輝く――いい名前ですね」

「はい」とみちおにうなずき、智花はそっとお腹に手を当てた。

お父さんからの最後のプレゼントだよ――直輝。

＊

執務を終え、ホールに出たところで日高は足を止めた。ベンチに座っていたみちおが立ち上がり、ゆっくりとやってくる。

「真鍋伸さんが入手した裏帳簿から、十二年前、大手電機メーカーの東丸電機も脱税していたことがわかりました。いや、これで当時わからなかったことが見えてきましたよ。被害者の布施さんのパソコンに残されていた売り上げ予測。そして、そこに記された意味不明の数字。裏帳簿の数字と奇妙に一致する……」

「……」

「被害者の布施さん、気づいたんですよ。あれこれやっても予測した売り上げになぜ達しないのか。それは脱税のために数字を操作しているからだと。当時、布施さんと志摩総一郎にはまったく接点がないという理由で、あなたは証人尋問を却下した」

「しかし、接点が見つかった……と？」

「はい」

「国税庁の肩書を使い、脱税で裏を取り仕切る志摩総一郎。それに気づいた被害者……」

日高は動揺を懸命に押し隠しながら、続けた。

「だからといって彼が犯人だとは――」

さえぎるようにみちおが言った。

「社会の医者」

「……」

「裁判官は『社会の医者』だから志したと、日高さん、僕にそう言いましたよね。そんなあなたのことが憧れだと言っている坂間千鶴。彼女が今、会いに行っています。無実を訴えて命を絶った仁科壮介さんのご遺族に」

「あなた、まさか……」

「開かずの扉が開いたとき、すべての真実が明らかになるかもしれませんね」

「……」

フリースクールの教室で、坂間が仁科壮介の妹、由貴(ゆき)と向き合っている。

生徒たちはすでに帰宅しているので、由貴が教室に招き入れたのだ。

今さら裁判官がなんの用だといぶかる由貴に、坂間が告げた。

「十二年前の事件、真実を明らかにする方法があります」

「……」

「再審請求です――」

Cast

入間みちお	竹野内 豊
坂間千鶴	黒木 華
石倉文太	新田 真剣佑
井出伊織	山崎 育三郎
浜谷澪	桜井 ユキ
一ノ瀬糸子	水谷 果穂

・

川添博司	中村 梅雀
城島怜治	升 毅
日高亜紀	草刈 民代

・

駒沢義男	小日向 文世

【 TV STAFF 】

原作／浅見理都『イチケイのカラス』（講談社モーニングKC）

脚本／浜田秀哉

音楽／服部隆之

プロデュース／後藤博幸
有賀 聡（ケイファクトリー）
橋爪駿輝

編成企画／高田雄貴

演出／田中 亮
星野和成
森脇智延
並木道子

制作協力／ケイファクトリー

制作・著作／フジテレビジョン

【 BOOK STAFF 】

原作／浅見理都

脚本／浜田秀哉

ノベライズ／蒔田陽平

ブックデザイン／竹下典子（扶桑社）

DTP／株式会社明昌堂

イチケイのカラス（上）
発行日　2021年5月31日　初版第1刷発行

原　作　浅見理都
脚　本　浜田秀哉
ノベライズ　蒔田陽平

発行者　久保田榮一
発行所　株式会社 扶桑社
〒105-8070
東京都港区芝浦1-1-1 浜松町ビルディング
電話　03-6368-8870(編集)
03-6368-8891(郵便室)
http://www.fusosha.co.jp/

印刷・製本　中央精版印刷株式会社

Printed in Japan
ISBN978-4-594-08802-6